DER TOTE IM YACHTHAFEN
Tim Bronkaus erster Fall

FRAUKE MOHR

DER TOTE
IM YACHTHAFEN

Tim Bronkaus erster Fall

kadera VERLAG

Frauke Mohr
Der Tote im Yachthafen
Tim Bronkaus erster Fall

Ein Ostsee-Krimi, in dem Handlungen
und Personen frei erfunden sind.

Autoreninformation:
www.frauke-mohr.de

Titel-Illustration: Eleanor Marston
www.eleanormarston.de

© 2014
Kadera-Verlag, Norderstedt
www.kadera-verlag.de

ISBN 978-3-944459-26-4 (Print)
ISBN 978-3-944459-27-1 (eBook mobi / Kindle)

Inhalt

Dienstag

Tim rennt schnaufend den Strand entlang. Der maskierte Flüchtige ist in der Dunkelheit kaum auszumachen. Verdammt! Warum bin ich schon so aus der Puste? Den hole ich nie mehr ein! Wieso kann der so schnell rennen? Mit gezückter Waffe hechtet er dem Mann hinterher. Der dreht sich um und grinst ihn auch noch frech an! Für ihn scheint klar zu sein, dass Tim ihn nie und nimmer einholen wird.

Plötzlich hört Tim eine ihm vertraute Melodie – die Titelmusik von Star Wars! Woher kommt diese Musik? Es gibt doch nur ihn und den maskierten Mann in der schwarzen Nacht am Strand! Außerdem riecht es auf einmal merkwürdig. Nicht nach Ostsee, Algen und Salzwasser, sondern seltsam faulig!

Langsam dämmert es Tim. Er fühlt etwas weiches unterm Kopf, blinzelt – und schaut in zwei dunkle Augen, die ihn treu und feucht aus einem zerknautschten Hundegesicht mit weiß-braunem Fell ansehen. Er kneift die Augen wieder zu und seufzt. Jetzt fährt ihm eine rosa Zunge quer übers Gesicht. Daher der faulige Geruch! Brunos Atem!

»Oh, verdammt Bruno! Igitt! Lass das! Raus aus meinem Bett, du Stinktier!«

Tims treue alte Bulldogge trottet grunzend durch das schmale Schlafzimmerchaos und lässt sich beleidigt in sein Hundekörbchen plumpsen.

Tim reckt sich aus der Decke. Der Wecker zeigt kurz vor sieben. Die Star-Wars-Titelmelodie dudelt immer noch. Das Handy! Wo ist es? Unter der zerknüllten Hose auf dem Sessel wühlt er es hervor, robbt aus dem Bett und meldet sich mit einem heiserem »Ja?«.

»Tim, endlich! Warum dauert das so lange?«

»War irgendwie ein langer Abend gestern«, krächzt Tim. »Was gibt es denn?« Er gähnt und strubbelt sich durch die braunen Haare.

»Eine Leiche«, sagt Ole Petersen knapp. Tims Partner bei der Kripo in Neustadt macht nie viele Worte.

»Wo?«

»Im Grömitzer Yachthafen. Auf einer Luxusyacht. Die Spusi und Dr. Qual rücken gerade an, beeil dich!«

»Okay, gib mir zwanzig Minuten«, sagt Tim, jetzt etwas wacher. Er schüttelt den Kopf beim Anblick der umherliegenden Kleidungsstücke und nimmt sich vor, demnächst aufzuräumen. Er gibt Bruno eine Streicheleinheit, während er in Richtung Küche schlurft. Bruno folgt ihm erwartungsvoll, bis Tim ihm frisches Futter in den Fressnapf schüttet, das er glücklich in sich hinein mampft.

»Oh Mann!«, stöhnt Tim vorm Badezimmerspiegel. »So kann ich aber nicht unter die Leute gehen!«

Seine Haare stehen ihm in alle Himmelsrichtungen vom Kopf ab. Seit fünf Tagen ist kein Rasierer übers Gesicht gefahren. Tim erkennt Ähnlichkeiten mit Bruno – wie der Hund, so der Herr ...

Er rasiert sich unter der Dusche und versucht eilig, die Haare mit Gel zu einer Art Frisur zu stylen. Im zweifelnden Glauben, eine gebügelte Hose und ein frisches Hemd im Schrank zu finden, geht er zurück ins Schlafzimmer. Ein

Glückstag! Als Polizist darf man schließlich nicht wie der letzte Penner aussehen!

Tim schnappt sich seine Jacke, erinnert sich rechtzeitig an die Dienstwaffe in der geheimen Schublade im Flurschrank, schnallt das Holster um und nimmt Bruno an die Leine.

»Guten Morgen Tim, mal wieder in Eile?«, begrüßt ihn Frau Gründel am Ende der Treppe. Sie hat für so etwas einen siebten Sinn. Nun steht sie da mit einem großen Becher Kaffee mit viel Milch und Zucker und einem Käsebrötchen.

»Oh, guten Morgen Frau Gründel. Vielen Dank, Sie sind ein Engel!«

»Geht es um Mord?«, forscht Frau Gründel neugierig.

Tim nickt kauend. »'n Toter auf 'ner Luxusjacht – muss los!«, sagt er hastig.

»Oh Gott, ein Mord!«, schaudert es Frau Gründel. Realisierte Ahnung hat etwas Unheimliches.

Bruno zieht ungeduldig an der Leine.

Frau Gründel hatte nach dem Tod ihres Mannes die obere Etage des gemütlichen Fachwerkhauses in einem Dorf zwischen Neustadt und Grömitz an Tim vermietet. Als Tim vor zweieinhalb Jahren von der Polizeischule kam, war er froh, dass er die kleine Wohnung mit Schlafzimmer, Wohnzimmer, winziger Küche und Duschbad billig mieten konnte. Frau Gründel machte ihm ab und zu Frühstück, wenn er mal wieder knapp in der Zeit war.

Tim steigt in seinen alten BMW 20/02 und nimmt den letzten großen Schluck vom heißen, süßen Kaffee. Bruno hopst auf die Rückbank und lässt einen leisen Furz ab, der es aber in sich hat.

Tim stöhnt. »Bruno, du Stinker!«

Er kurbelt trotz der morgendlichen Kälte das Fenster herunter. Nach dem Start erklingt ein altmodischer Schlager. Wieso das? Ach ja, Ole hatte ihn gestern zur Party einer ehemaligen Mitschülerin von der Polizeischule begleitet und während der Fahrt am Autoradio herumgefummelt. Ole ist zehn Jahre älter als Tim – also 37. Er liebt die Schnulzen über alles – »Oldies but Goldies«, diese Klassifizierung trifft genau seine Seelenstimmung.

»Schrecklich!«, klagt Tim, schaltet auf seinen rockigen Lieblingssender um und fährt nach Grömitz.

Schon von Weitem sieht er die Blaulichter blinken. Mehrere Streifenwagen, zwei Zivilwagen von der Spurensicherung und der angejahrte VW-Bus von Gerichtsmediziner Dr. Qual stehen am Hafen. Eigentlich heißt Dr. Qual Joachim Bär, ist seit zwanzig Jahren bei der Polizei und hat reichlich Erfahrung. Wie er zu seinem unrühmlichen Spitznamen gekommen war, wusste niemand mehr.

Vor einer eleganten schneeweißen Yacht, die alle anderen Boote im Hafen protzig überragt, drängt sich bereits eine Menschentraube. Und die Presse! Diese sensationssüchtigen Schmierfinken! Sie störten ihn und seine Kollegen bei der Arbeit und schreiben meistens doch nur unwahres Zeug, weil sie nicht abwarten können, bis ein Fall wirklich gelöst ist. Wollen schneller und schlauer sein als die Polizei.

Tim bahnt sich einen Weg durch die Menge.

»Moin Tim!«, ruft Ole. »Endlich aus den Federn?«

»Morgen Ole. War irgendwie schwierig, wach zu werden. Tut mir leid.«

»Na, komm erst mal mit. Der Hafenmeister entdeckte den Toten bei seinem Morgen-Rundgang.«

Der Mann liegt in einen weißen Smoking gekleidet auf einer der edlen Lederbänke auf dem Deck der Motoryacht. Keine Schusswunde, keine Stichverletzung – einfach tot.

»Aber ihr denkt an Mord?«

»Nichts zu sehen. Aber mit ziemlicher Sicherheit die Tat eines ordnungsliebenden Mörders!«

»Er wurde vergiftet! Morgen Tim, ausgeschlafen?« Dr. Bär kommt um die Ecke der Kajüte und grinst. Er wirkt ein bisschen gespenstisch durch seine spindeldürre Figur, und er ist fast so blass wie der weiße Anzug der Spurensicherung. Die Kapuze hat er in den Nacken geschoben und unter seiner blanken Glatze blitzen schlaue Augen hinter einer großen schwarzen Brille.

»Vergiftet? Woher wissen sie das denn wieder so schnell? Der sieht doch gut aus!«

Dr. Bär zieht die Augenbrauen hoch. »Riecht aber nicht mehr so gut! Hier, der Schaum an seinen Mundwinkeln deutet auf eine Arsenvergiftung hin, müffelt ziemlich bitter. Genaueres weiß ich, wenn ich ihn auf dem Tisch habe.«

Damit meint er natürlich den kalten Stahltisch in der Pathologie, wo er die Leichen untersucht. Am liebsten mag er Fälle wie diesen, bei denen die Todesursache nicht auf den ersten Blick ersichtlich ist.

»Okay, einpacken und mitnehmen«, ruft Dr. Qual seinen Kollegen zu, die den Toten in einen Leichensack stecken.

»Der Tote ist Gandulf Ritter – stinkreicher Geldadel«, erklärt Ole.

»Ist kaum zu übersehen, bei dieser Yacht. Die muss ein Vermögen gekostet haben«, bemerkt Tim.

Bruno, der bisher brav neben ihm saß, schnüffelt unter der weißen Lederbank herum.

»Lass das, Bruno! Was machst du da? Oh, Moment mal...«
Tim greift unter die Bank und holt ein Glasfläschchen hervor.
Halb so groß wie ein Schnapsschluck.

»Achtung! Fingerabdrücke!«, ruft Ole und zieht ein kleines Tütchen, in dem Beweisstücke sichergestellt werden, aus seiner Jackentasche.

Mist, Anfängerfehler! Ein Beweisstück niemals ohne Handschuhe anfassen! Regel Nummer eins auf der Polizeischule! Tim beißt sich auf die Lippen. »Tut mir leid, Ole, bin noch nicht ganz wach.«

Tim lässt das Fläschchen in die Tüte fallen und Ole übergibt es einem Spusi-Mitarbeiter.

»Was haben wir noch?«, fragt er Martin, den Leiter der Spurensicherung.

»Nicht viel. Ein paar Designer-Kleidungsstücke, gehören wohl dem Skipper. Auch einige von einer Frau – Größe 36. Ist – oder besser war Herr Ritter verheiratet?«

»Keine Ahnung«, sagt Ole, »Das werden wir aber bald herausfinden. Irgendwelche Fingerabdrücke?«

»Jede Menge. Werten wir gleich aus, wenn wir hier fertig sind. Außerdem haben wir noch einige leere Gläser und Flaschen mit Champagner und Schalen mit Kaviar sichergestellt. Da war wohl eine Luxusparty im Gange, bevor Ritter starb.«

»Okay und danke fürs Erste.«

Tim nickt Martin zu.

»Wäre nett, wenn du mich mitnimmst. Maggie braucht heute das Auto, ich bin mit einem Streifenwagen mitgefahren. Sie hat heute einen Arzttermin«, sagt Ole, als sie die Pressemeute mit »Es gibt noch nichts zu berichten!« abgewehrt haben und die Yacht verlassen.

Seitdem Oles Frau schwanger ist, kommt er oft mit dem Rad zur Wache. Bis nach Grömitz war es aber doch ein Stück zu weit.

»Klar kannst du mitfahren!«, sagt Tim. »Aber Finger weg vom Radio. Deine Oldiemusik halte ich am frühen Morgen noch nicht aus.«

Bruno klettert auf die Rückbank und wühlt sich in der alten Decke zurecht. Nachdem Brunos voriges Herrchen an den Folgen eines Raubüberfalls gestorben war, hatte Tim die Bulldogge vor gut einem Jahr bei sich aufgenommen.

»Meine Herren! Wie war es? Sie wissen, wer der Tote ist?«, begrüßt Hauptkommissar Heinz Niebuhr die beiden Polizisten bereits an der Tür.

»Ja, Gandulf Ritter«, sagen Ole und Tim wie aus einem Munde.

»Das weiß ich auch! Ich meine, WER er in Neustadt ist!«

Tim und Ole sehen erst sich verblüfft und dann ihren Chef fragend an.

Heinz Niebuhr klärt auf: »Gandulf Ritter ist ein ausgesprochen wohlhabender Mann. Er besitzt unter anderem Häuser in Monte Carlo und auf Mallorca. In Neustadt hat er direkt an der Steilküste diese pompöse Villa errichtet, mit der er sich bei Naturschützern als auch dem Betreiber eines Campingplatzes sehr unbeliebt gemacht hat. Da könnten sie ansetzen. Aber zuerst müssen sie es der Witwe mitteilen. Sie wohnt bereits in der neuen Bleibe am Steilufer.«

»Aha«, sagt Tim. »Wir fahren gleich zu ihr.«

»Stop, stop, stop, nicht so hastig! Sie beide haben noch ordentlich was aufzuholen. Tim, ich will den Bericht von letzter Woche bis morgen auf meinem Schreibtisch sehen.«

»In Ordnung, Chef.«

»Ist besser, wenn Sie der Witwe etwas Klarheit mitbringen. Warten Sie, bis Dr. Bär eine stichhaltige Todesursache nennt. – Ach Tim, eine Sache noch: Geben Sie bitte dem Hund etwas anderes zu fressen. Der furzt, dass es hier keiner mehr aushält!« Damit stolziert Heinz Niebuhr aus dem Raum. Tim und Ole grinsen sich an.

»Wo er recht hat, hat er recht. Bruno hat wirklich unerträgliche Blähungen. Geh' mal zu meiner Schwester, die kann dir sagen, was gut für Brunoleins Verdauung ist.«

Tim verdreht die Augen. Aber er nimmt sich vor, später der Tierarztpraxis von Oles Schwester einen Besuch abzustatten. Ihn nerven Brunos Ausdünstungen allmählich auch.

Nach dem Papierkram gehen sie zu Martin von der Spusi, der etwas zu den Fingerabdrücken herausgefunden hatte.

»Zwei Abdrücke konnte ich isolieren und zuordnen. Die einen gehören dem Platzwart eines Campingplatzes an der Steilküste, die anderen sind vom Vorsitzenden des Ornithologenverbandes Neustädter Bucht. Die hatten wir schon in der Kartei.«

»Ornitho – was?«, fragt Ole.

»Ornithologen nennt man Vogelkundler«, erklärt Tim.

»Richtig, und die haben kürzlich herausgefunden, dass Austernfischer, die eigentlich nur an der Nordsee beheimatet sind, genau dort an der Steilküste brüten, wo der Ritter seine Prunkvilla errichtet hat.«

»Wow, was für ein Fachwissen!«, feixt Ole.

»Habe ich in der Zeitung gelesen.«

»Sind die Journalisten also doch zu etwas nütze. – Und was haben die beiden denn verbrochen, dass sie in unsere Kundenliste aufgenommen werden durften?«

»Der Platzwart wurde schon mal wegen Trunkenheit am Steuer polizeilich erfasst und dem Ornithologen wurde Hausfriedensbruch vorgeworfen.«

»Hausfriedensbruch?«, hakt Ole erstaunt nach.

»Ja, er ist auf der Suche nach irgendwelchen seltenen Vögeln auf einem Privatgrundstück herumgekrochen und hat sich mit dem Besitzer angelegt«, erwidert Martin. »Ich habe die Anschriften der beiden auf eure Computer geschickt. Auf dem Glasfläschchen sind aber leider keine Abdrücke zu finden außer deinen, Tim.« Er räuspert sich kurz und Tim sieht verschämt zu Boden.

»Der Täter trug vermutlich Handschuhe. An der Analyse des Inhalts sind wir dran.«

»Danke Martin.«

»Warum lädt Gandulf Ritter ausgerechnet seine Feinde auf seine protzige Yacht ein, um mit ihnen Champagner zu trinken?«, überlegt Tim laut.

»Und selbst wenn er sie einlädt, warum gehen sie hin?«, beendet Ole den Gedanken. »Aber wie dem auch sei, wir müssen jetzt erst einmal zu Ritters Frau.«

»Ich hasse diesen Teil unseres Berufes«, seufzt Tim. Aber was hilft es – einer muss es ihr ja sagen.

»Dass der dafür eine Baugenehmigung bekommen hat! So dicht an der Steilküste, das kann doch nicht mit rechten Dingen zugegangen sein!«, staunt Ole, als er die feudale Villa erblickte.

»Ja?«, fragt Frau Ritter mit sanfter Stimme, nachdem sie geklingelt hatten.

»Guten Tag Frau Ritter. Wir sind von der Kriminalpolizei. Dürfen wir hereinkommen?« Sie zeigen ihre Ausweise.

Frau Ritter blickt die beiden erschrocken an, öffnet die Tür dann aber ganz und lässt die Polizisten hinein.

»Ja bitte, kommen Sie. Ist etwas passiert?«

»Frau Ritter, bitte setzen Sie sich doch erst einmal.« Ole macht eine Pause, bis die Hausherrin sich auf einem Sofa niedergelassen hat. »Wir müssen ihnen leider mitteilen, dass ihr Ehemann heute Morgen tot auf seiner Yacht aufgefunden wurde.«

Frau Ritter sinkt auf den weißen Polstern zusammen. »Oh Gott, nein, was ist denn passiert?«, fragt sie, während ihr Tränen über die Wangen laufen.

»Die Todesursache steht noch nicht fest. Es sieht im Moment so aus, als sei Ihr Mann vergiftet worden. Alle am Tatort sichergestellten Spuren deuten zumindest darauf hin. Ihr Mann hatte Gäste an Bord. Eine Party ohne Sie? Wissen sie mit wem?«

»Nein, das weiß ich nicht genau. Ich glaube, er wollte sich mit einigen wichtigen Männern der Stadt treffen. Der Baudezernent war auch dabei.«

»Warum nahmen Sie nicht an der Party teil?«, fragt Ole.

»Ich habe meine Schwester in Hamburg besucht und übernachtete dort. Ich bin erst heute Vormittag zurückgekommen. Um die Geschäfte kümmert sich mein Mann allein. Darum war ich nicht auf der Yacht.«

»Gut, dann brauchen wir die Adresse Ihrer Schwester, um ihr Alibi zu überprüfen. Außerdem müssten wir Sie in die Gerichtsmedizin bitten, um Ihren Mann zu identifizieren.

»Ja, natürlich. Hier ist meine Fahrkarte nach Hamburg. Ich fahre da nicht gern mit dem Auto hin. Genügt das als Beweis?«, fragt Frau Ritter mit tränenerstickter Stimme und reicht Ole den Fahrschein.

»Danke. Die Adresse bitte noch. Routinesache – wir müssen alles überprüfen. Ein Streifenwagen wird Sie später abholen, damit Sie den Toten identifizieren.«

Wieder vor der Tür dreht Tim sich noch einmal um und betrachtet das noble Haus mit den hohen Fenstern und dem Vordach mit den Säulen.

»Passt gar nicht zu Frau Ritter, dieses gewaltige Haus. Wir müssen uns unbedingt um den Baudezernenten kümmern, um herauszufinden, wie Ritter an die Baugenehmigung gekommen ist.«

Bruno trabt ihnen freudig entgegen, als die beiden das Büro betreten. Sabine Schneider, ihre junge Kollegin, sieht von der Akte auf, in die sie vertieft war.

»Ole, du sollst zu Hause anrufen. Deine Frau hat sich vor einer halben Stunde gemeldet.«

»Ist gut«, sagt Ole aufgeregt. »Mach ich draußen per Handy.«

Tim gibt Sabine die Fahrkarte und den Zettel mit der Anschrift von Frau Ritters Schwester. Dann ruft er die Datei mit den Adressen der beiden Verdächtigen auf.

»Es wird ein Junge!« Ole stürmt mit hochrotem Kopf zurück ins Büro.

»Wie, wer?«, fragt Tim verwirrt. Er hatte sich gerade in Gedanken den Plan des morgigen Tages zurechtgelegt.

»Na, unser Kind, du Doofie. Es wird ein Junge! Ich werde ihn Cornelius nennen!«

»Oh, dass Maggie darüber besonders glücklich sein wird, kann ich mir nicht vorstellen«, meint Tim. Ole ist sowas von altmodisch! Nicht nur der Ostsee-Oldie-Radiosender und seine geliebte braune Lederjacke, die er wohl seit mindestens zwanzig Jahren trägt – jetzt auch noch dieser Name! Unglaublich!

»Toll«, sagt Sabine, »einfach toll, dieser Name!« Und sie ist noch jünger als Tim, der nun ein »Wie find' ich das denn?« herunterschluckt.

»Ich muss nach Hause! Lasst uns morgen mit den beiden sprechen. Dann wissen wir auch mehr von Dr. Qual und so. Danke Tim, du bist der Beste!«, ruft Ole glücklich, obwohl Tim nicht einmal geantwortet hat.

Tim sieht ihm kopfschüttelnd hinterher. Cornelius! Hoffentlich kann Maggie sich bei der Namensfindung durchsetzen! Nachdem er den Bericht über die Befragung von Frau Ritter erstellt hat, macht er sich auf den Weg zu Oles Schwester, der Tierärztin.

Das Wartezimmer ist ziemlich voll. Ein kleiner Junge sitzt mit einem Hamster auf dem Schoß auf einem der Stühle und baumelt mit den Beinen. Seine Mutter redet unaufhörlich auf ihn ein. Der Junge hört schon gar nicht mehr hin. Eine Frau streichelt ihre Katze, die Bruno misstrauisch beäugt, und am anderen Ende des Raums sitzt ein alter Mann mit einem Vogelkäfig.

»Bruno bitte«, ruft die Arzthelferin endlich.

»Hallo Bruno«, sagt Dr. Yessica freundlich, nachdem Tim ihn auf den Behandlungstisch gehoben hat. »Und hallo Tim. Sie sind Oles Kollege, richtig? Er hat Sie nämlich schon angekündigt.«

Dr. Yessica sieht hübsch aus, sehr hübsch sogar mit dem braunen Pferdeschwanz und den Sommersprossen. Sie hat zarte, leicht gebräunte Hände, mit denen sie Bruno streichelt. Dem scheint das zu gefallen, denn er grunzt zufrieden – und wie befürchtet – er furzt. »Puh, Bruno, das ist aber nicht die feine englische Art!«

Okay, man merkt, dass sie Oles Schwester ist, auch sie liebt etwas angestaubte Sprüche. Bei ihr klingt es allerdings weitaus charmanter als bei Ole, stellt Tim für sich fest, bevor er laut erklärt: »Äh, ja, genau das ist das Problem. Er scheint irgendetwas im Futter nicht zu vertragen. Haben Sie eine Idee? Mein Chef und die Kollegen auf der Wache sind schon ziemlich genervt – und ich ehrlich gesagt auch.«

»Hm, naja, das ist verständlich«, sagt Dr. Yessica. »Was frisst er denn im Moment?«

»Morgens Trockenfutter, weil es meistens schnell gehen muss, abends dann eine Dose Hundefutter.«

»Und die isst er immer vollständig auf?«

»Ja, natürlich!«, antwortet Tim stolz.

»Sehen Sie Tim, und genau deswegen bekommt Bruno Blähungen und hat ja auch einiges an Übergewicht.«

Übergewicht? So schlimm ist das doch nun auch wieder nicht!

»Geben Sie ihm morgens und abends je eine halbe Dose von dieser Sorte hier. Die mit Rentierfleisch ist bei den meisten Hunden sehr beliebt. Probieren Sie es mal aus. Außerdem sollte er jeden Tag eine kleine Portion Reis und frisch gekochtes Gemüse mit dem Dosenfutter essen. Dann nimmt er ab und vor allem verschwinden die Blähungen. Etwas mehr Bewegung könnte ihm auch nicht schaden.«

Tim hebt die Augenbrauen. Reis und Gemüse kochen? Er? Er kann ja nicht mal für sich selbst etwas Anständiges zubereiten! Er muss Frau Gründel fragen, das ist die einzige Möglichkeit.

»Vielen Dank.«

»Gern geschehen! Kommen Sie in ein bis zwei Wochen wieder, dann schauen wir, ob es geholfen hat.« Dr. Yessica lächelt Tim an und er wird ein bisschen rot. Sie ist wirklich bezaubernd!

»Ist gut. Danke noch mal. Los Bruno, wir gehen nach Hause.«

Im Flur fällt sein Blick auf einen Stapel Flyer des Ornithologenverbandes Neustädter Bucht. Was hatte die hübsche und nette Dr. Yessica Petersen denn mit denen zu tun?

Tim betritt seine Wohnung und betrachtet das Chaos. Oh Mann, denkt er. Wenn das eine Frau wie Dr. Yessica sieht, kehrt sie gleich wieder um! Er macht sich sofort daran, die überall verstreuten Klamotten im Schrank oder in der kleinen Waschmaschine im Bad zu verstauen. Tim gähnt. Die letzte Nacht mit der Party, dem schlechten Traum und dem unsanften Weckruf fordert ihren Tribut.

»Bleib' ja in deinem Körbchen!«, droht er Bruno, der ihm mit unwilligem Grunzen antwortet.

Mittwoch

Oles Handy macht sich mit dem Klingelton eines Telefons aus den 80er Jahren bemerkbar.

»Wir sollen Dr. Qual in der Pathologie besuchen. Er hat die Untersuchung zur Leiche Gandulf Ritter abgeschlossen. Dann muss der Campingplatz etwas warten.«

Pathologie! Tim erschauert. Die Kälte und der unangenehme Geruch! Ist nicht sein Ding! Joachim Bär kommt ihnen bereits entgegen. Auf den schmalen Lippen liegt die Spur eines Lächelns, seine Glatze glänzt im Licht der Neonröhren. Er sieht noch blasser aus als sonst.

»Ich habe die halbe Nacht durchgearbeitet.« Er schiebt sich mit ausgestrecktem Mittelfinger die heruntergerutschte Brille wieder höher auf die Nase. »Das ist mal ein ausgesprochen interessanter Fall. Habe ich selten erlebt in meiner Laufbahn so was!« Er schüttelt den Kopf.

»Nun machen Sie es nicht so spannend, Doc«, sagt Tim, der gern wieder an die frische Luft will. Sie gehen durch einen langen, weiß gekachelten Flur in einen Raum mit mehreren Untersuchungstischen.

Dr. Qual schlägt das Leichentuch zurück und Ole und Tim sehen auf das bläulich-bleiche Gesicht des toten Gandulf Ritter. Tim schluckt trocken.

»Ich habe seinen Mageninhalt untersucht – nichts außer Champagner und Kaviar.«

»Aha, und weiter?«

»Ich habe ihn auf äußere Gewalteinwirkung hin untersucht – nichts.«

Tim sieht ihn nervös an. »Ja, und?«

»Ich habe sein Blut untersucht – und etwas gefunden, wenn auch nur einen minimalen Rückstand!« Dr. Qual freut sich wie ein Kind beim Ostereiersuchen.

Ole atmet hörbar aus.

»Und was denn nun?«

»Ein sehr seltenes Gift«, verrät Dr. Qual geheimnisvoll. »Das Gift wirkt ähnlich wie Arsen. Daher auch der bittere Geruch. Es hätte mich jedoch sehr gewundert, wenn ein Mörder unserer Zeit seine Opfer noch auf eine so altmodische Weise umbringt.«

Tim sieht grinsend zu Ole, was Ole mit einem drohenden Blick quittiert.

»Dieses Gift wird in Südamerika verwendet«, doziert Dr. Qual. »Bis jetzt weiß ich allerdings noch nicht, durch wen und wozu – das bekomme ich noch heraus! Das Gift wurde dem Opfer mit einer Spritze injiziert. Seht ihr? – Hier!«

Tatsächlich! Am Oberkörper der Leiche ist eine winzig kleine Einstichstelle zu erkennen.

»Dasselbe Gift war in der Flasche, die Bruno unter der Bank gefunden hat. Der Mörder muss es in eine Spritze aufgezogen und seinem Opfer injiziert haben. Die Einstichstelle ist an ungewöhnlicher Stelle. Vermutlich hat er sich gewehrt.«

»Kennen Sie den Todeszeitpunkt?«

»Zwischen 23 und null Uhr.«

»Wie immer bleiben fast keine Fragen offen, danke Dr. Bär. Können wir Frau Ritter zur Identifizierung herbestellen?«

»Ja, natürlich, kein Problem. Rufen Sie kurz vorher an, dann richte ich die Leiche her«, sagt er mit freudiger Stimme.

Sehr befremdlich! Jemand, der es schön findet, Leichen herzurichten! Im Übrigen hatte er selber ja ebenfalls ständig mit Toten zu tun, grübelt Tim vor sich hin und ist froh, diesen Ort verlassen zu können.

»Was hat Maggie denn zu deiner Namenswahl gesagt?«, fragt Tim seinen Kollegen.

Ole seufzt: »Naja, was soll ich sagen? Besonders begeistert war sie nicht. Als ich ihr als Alternative Fridolin vorschlug, hat sie mir keinen Nachtisch mehr gebracht.«

»Ole, du Armer! Fahren wir zum Campingplatz?«

Ole seufzt erneut, biegt nach links ab und fährt in Richtung Steilküste.

Der Campingplatz wirkt wie ausgestorben. Ende September haben nicht mehr viele Menschen Lust, sich hier den Hintern abzufrieren, schlussfolgert Tim.

Auch Platzwart Jochen Bruns ist nicht zu sehen. Aber die Frau an der Rezeption weiß, wo man ihn findet: »Der ist unten bei der Treppe an der Steilküste und repariert etwas. Sie können seinen kleinen weißen Golfwagen gar nicht verfehlen.«

Als sie bei ihm ankommen, hebt Jochen Bruns den Kopf. Unter dem Schirm einer speckigen Baseballkappe blitzen ihnen lebhafte Augen aus einem wettergegerbten Gesicht entgegen.

»Guten Tag, Herr Bruns. Dürfen wir Sie ein paar Minuten stören?«

»Worum geht's?«, fragt Jochen Bruns etwas knurrig. »Auch einen Snack für echte Männer?« Er hält den Polizisten eine Tüte mit getrockneten Fleischstreifen hin.

Ole greift tatsächlich zu!

»Wohl doch kein echter Kerl, was?«, grinst Jochen Bruns, als Tim ablehnt.

»Ich habe auch nichts Appetitliches anzubieten«, kontert Tim cool und schildert den Vorfall von Dienstagnacht.

Der Platzwart reagiert erschüttert, wird sogar etwas heller in seinem braunen Gesicht. »Tragisch!«, sagt er. »Dass da was passiert ist, kam hier schon an. Aber wer denkt denn gleich an so was?«

»Aus welchem Grund waren Sie denn auf Ritters Yacht?«

»Hatte eine Einladung. Sollte wohl als Entschuldigung dafür gemeint sein, dass Ritter uns den halben Strand mit Sand und Steinen zugeschüttet hat, um sein Prunkschloss vor dem Wetter zu schützen. Der Spinner! Der wollte seinen Kelleraushub billig entsorgen. Wir kamen dadurch nicht mal mehr zu unserem Bootssteg! Auf der Yacht gab es nur Champagner und Kaviar zu essen. Ist was für echte Weicheier, wenn Sie mich fragen. Noch ein Stück?«, er hält Ole erneut die Tüte mit dem trockenen Fleisch hin.

Dieses Mal lehnt auch Ole ab. »Nein danke. Wann haben Sie denn die Yacht verlassen?«

»Schon um halb zehn. Da reichte mir diese Angebersause. Meine Frau hat mich abgeholt. Sie können sie direkt fragen, da kommt sie.«

»Die Rezeptionistin ist Ihre Ehefrau?«, fragt Tim.

»Ja, und das schon seit fast zwanzig Jahren. Wir haben den Platz vor fünfzehn Jahren von meinem Vater übernommen und ausgebaut. Alles war friedlich, bis dieser Fatzke von Ritter kam und sein Schloss hier hinbaute.«

»Konnten Sie sich denn mit Herrn Ritter einigen, nachdem er Sie so großzügig auf seine Yacht eingeladen hatte?«

»Naja, er hatte bereits einen Bagger kommen lassen und den Strand halbwegs wieder freigelegt. Nun ist wenigstens der Weg zum Steg begehbar. Ist jetzt halbwegs in Ordnung.«

Frau Bruns bestätigt, ihren Mann um halb zehn im Grömitzer Yachthafen abgeholt zu haben.

»Welche anderen Gäste nahmen denn an der Feier teil?«

»Ja, dieser durchgeknallte Vogeltyp und so ein Mensch von der Stadt. Bauamt oder sowas, glaube ich. Der ist noch nicht so lange dabei, dass ich was mit ihm zu tun haben musste. Der Vogeltyp war echt sauer auf den Ritter. Hat böse herumgeschrien und mit Tierschutz gedroht und so.«

»Waren die beiden noch an Bord, als Ihre Frau Sie abholte?«, will Ole wissen.

»Ja, die haben Champagner gesoffen ohne Ende. Hatten ganz schön einen im Tee, die beiden Lackaffen. Der Vogeltyp war noch halbwegs nüchtern.«

»Vielen Dank für die Informationen Herr Bruns. Sollten wir weitere Fragen haben, melden wir uns. Falls Ihnen noch etwas einfällt, rufen Sie uns bitte an.« Tim reicht dem Platzwart seine Visitenkarte.

»Geben Sie die lieber meiner Frau. Die ist ordentlicher mit sowas. Ich verlier' die bloß.«

Als sie außer Hörweite sind, stellt Tim fest: »War nicht sehr ergiebig, was meinst du?«

»Dem Vogelkundler sollten wir doch mal kräftig auf den Zahn fühlen. Halbwegs nüchtern… hatte vielleicht noch was vor. Der scheint nicht ganz astrein zu sein«, überlegt Ole.

Tims Handy dudelt Star Wars. Es ist die Revierzentrale. »Wir holen jetzt Frau Ritter für die Identifizierung ab. Kommt ihr auch in die Gerichtsmedizin?«

»Okay, wir fahren hin.«

»Warst du eigentlich gestern bei meiner Schwester?«, will Ole wissen.

»Mmm, ja ich war da. Sie hat mir anderes Futter für Bruno mitgegeben. Außerdem kocht Frau Gründel ihm ab sofort immer Reis und Gemüse. Ich hoffe, es hilft.«

»Oh, vornehm, vornehm! Warum wirst du so verlegen? Yessica ist hübsch, oder?« Ole grinst in sich hinein.

»Ja!«, gibt Tim zu. »Ganz im Gegensatz zu dir!«

»Hehe, nun werd' mal nicht gemein!«, lacht Ole.

»Sag mal, hat deine Schwester etwas mit diesem Ornithologenverband zu tun? Da lagen Flyer von denen in ihrer Praxis.«

»Ja, jetzt wo du es sagst. Ich glaube, sie ist sogar Mitglied – aber das weiß ich nicht so genau. Du kannst sie ja mal befragen, wenn du willst«, sagt Ole mit einem ironischen Unterton.

Tim grinst ihn an. »Ja, das werde ich wohl tun müssen.«

Frau Ritter wartet bereits vor der Tür der Pathologie. In den Katakomben der Gerichtsmedizin kommt ihnen Dr. Bär entgegen – beinahe wie immer. So verrückt er auch mitunter ist, mit trauernden Hinterbliebenen kann er ausgezeichnet umgehen. Sanft spricht er Frau Ritter an und führt sie an den Tisch, auf dem ihr toter Mann liegt. Er schlägt in geübter Weise das Laken zurück und Frau Ritter nickt gefasst.

»Ja, das ist mein Mann«, bestätigt sie leise.

»Dürfen wir Ihnen noch ein paar Fragen stellen, oder passt es an einem anderen Tag besser?«, fragt Tim, als sie wieder auf dem Flur stehen.

»Nein, nein, es geht schon. Ich fahre übermorgen wieder zu meiner Schwester nach Hamburg, wenn ich darf.« Sie schaut die beiden fragend an, muss sie eventuell zur Verfügung bleiben? »Ich halte es allein in dem großen Haus nicht mehr aus. Ich wollte dort sowieso nie hin.«

»Ja, Sie dürfen fahren. Hinterlassen Sie uns bitte nur eine Telefonnummer, damit wir Sie erreichen können. Kommen Sie, wir gehen in den Besprechungsraum. Möchten Sie einen Kaffee?«

»Ja, gern, danke.«

»Wir wissen jetzt, wie Ihr Mann ermordet wurde.«

Ole kommt mit dem Kaffee herein. Frau Ritter nippt vorsichtig.

»Ihm wurde ein in Deutschland eher unbekanntes Gift injiziert. Können Sie sich vorstellen, wer das getan haben könnte? Jemand mit Auslands-Verbindungen?«

»Nein! Mein Mann hatte zwar Streit mit dem Platzwart aber der kann bestimmt keiner Fliege etwas zuleide tun. Ich habe ja wegen des zugeschütteten Strandes einige Male mit ihm gesprochen. Und Ausländer? Er war Geschäftsmann, sein Geschäft war zum Teil international – aber es waren Geschäftsfreunde, keine Feinde.«

Frau Ritter fängt wieder an, zu weinen.

»Herr Bruns scheidet als Täter aus, das haben wir schon überprüft. Fällt ihnen sonst jemand ein?«

»Nein, wirklich nicht. Kann ich jetzt gehen? Ich muss noch meine Sachen packen.«

»Ja, natürlich, die Kollegen bringen Sie nach Hause.«

»Die Arme, so allein in diesem Schloss, das würde ich auch nicht aushalten«, sagt Ole.

»Manchen Menschen bleibt eben nichts anderes übrig«, murmelt Tim und denkt dabei an seine eigene Wohnung, die er immerhin mit Bruno teilt.

»Was hast du gesagt?«

»Ach egal, ich habe einen Riesenhunger, wollen wir uns einen Döner genehmigen?«

»Döner? Für mich heute nur einen Salat.«

»Seit wann das denn?«, wundert sich Tim.

»Maggie sagt, dass wir uns gesünder ernähren müssen. Schließlich werden wir bald Eltern. Ich finde, sie hat recht.«

Ole gießt eine Riesenportion Soße über seinen Salat.

»Das ist ja richtig eklig gesund!«, lästert Tim. »Aber irgendwie musst du ja satt werden.« Erst guckt Ole etwas schockiert, dann lachen sie beide.

»Hallo! Haben Sie was Neues? Nein? Ich aber! Bronkau, gehen Sie mal mit Bruno Gassi! Er stinkt und quiekt hier schon seit einer halben Stunde rum!«, empfängt Heinz Niebuhr sie mit sauertöpfischem Gesicht.

»Ja, Chef. Mache ich. Er bekommt jetzt anderes Futter. Dann wird es hoffentlich besser mit seinen Ausdünstungen.« Tim nimmt Brunos Leine und verdrückt sich mit ihm, so schnell es eben geht.

Niebuhr wendet sich an Ole: »Bitte berichten Sie mir in meinem Büro, Herr Petersen.«

Ole folgt ihm ins Kommissariatsbüro und erzählt von der Befragung des Platzwarts und von Frau Ritter.

»Als Nächstes müssen wir den Ornithologen und den Baudezernenten verhören«, plant Ole.

»Mit dem Baudezernenten warten Sie noch ein bisschen. Der ist dick mit Wilfried Jensen, dem Bürgermeister, befreundet und Sie wissen, was für einen Wind eine polizeiliche Ermittlung in den Kreisen von politischen Beamten macht«, ordnet Niebuhr an. »Ich melde mich, wenn Sie loslegen können. Keine Minute vorher wird jemand vernommen, ist das klar? Heute gehen der Bürgermeister und der Polizeipräsident gemeinsam essen. Danach weiß ich mehr.«

Ole ist stinksauer. Verdacht ist Verdacht, ob nun Politiker oder Stadtrat oder sonst wer. Aber es hat sowieso keinen Zweck, sich mit dem Chef anzulegen.

»Geht klar, Chef. Wir warten, bis Sie grünes Licht geben.«

Auf dem Flur tritt er wütend gegen einen Papierkorb.

Tim kommt gerade um die Ecke. »Was kann der arme Papierkorb denn dafür?«

»Ach Mensch Tim, Scheiße! Wir dürfen den Baudezernenten noch nicht befragen. Erst wenn der Chef sein Okay gibt. Voll daneben!«

Tim nickt nur. Manchmal ist es eben sinnlos, mit Heinz Niebuhr zu diskutieren.

»Ich muss in einer Stunde zum Schießtraining. Kannst du Bruno mitnehmen? Ich hole ihn nachher bei dir ab.«

»Ja, kein Problem«, sagt Ole. »Aber er bleibt auf der Terrasse. Maggie bekommt sonst einen Anfall.«

»Ja, ist klar. Dann befragen wir morgen den Ornithologen. Ich bin um neun bei dir.«

»Ja«, sagt Ole niedergeschlagen. Solche Ungerechtigkeiten schlagen ihm immer aufs Gemüt.

Tim ist zwar ein hervorragender Schütze, bei jedem Training wird ihm allerdings wieder bewusst, dass er schon morgen gezwungen sein könnte, »von der Waffe Gebrauch zu machen«, wie es so schön heißt.

Bei den ersten Schüssen auf die Pappscheibe zittert er noch etwas, aber als er am Ende der Übung die Ohrschützer abnimmt und die Beurteilung des Trainers erwartet, steckt er sogar ein Lob ein.

»Wie immer sehr gut gemacht, Tim. Gratulation! Du kannst jeden Gangster über den Haufen schießen!«

Tim lächelt schief und gibt die Waffe, das Magazin und die Ohrschützer wieder ab. Irgendwie fühlt er sich dabei erleichtert.

Dann holt er Bruno bei Ole ab und fährt zum Supermarkt. An der Kasse räumt gerade die schöne Tierärztin Dr. Yessica Petersen ihren Einkaufswagen aus. Tim bekommt einen trockenen Hals. Soll er sie einladen? Zu sich nach Hause? Er hatte zwar aufgeräumt, aber romantisch gemütlich ist seine Behausung mit der spärlichen Möblierung und den noch immer nicht ausgeräumten Umzugskartons nicht.

»Hallo Dr. Yessica.« Seine Stimme klingt belegt und er weiß auch, warum. Zur Tarnung hustet er ein bisschen.

»Oh, guten Abend, Tim. Wie geht es Brunos Bauch?«

»Bis jetzt keine Veränderung. Ihr Bruder hat Bruno auf die Terrasse gesperrt.«

»Oh, wie uncharmant, aber ich kann es verstehen!«, lacht sie. »In ein bis zwei Wochen wird sich Brunos Verdauung beruhigt haben, glauben Sie mir.«

Tim fasst allen Mut zusammen und sagt lauter als nötig: »Hätten sie Lust, mit mir Essen zu gehen?«

»Jetzt? Ja, gern. Und Ihre Tiefkühlpizza?«

Tim schaut auf die Pizza, die einsam in seinem Einkaufswagen liegt. »Die gibt's morgen«, sagt er froh und erschrocken zugleich.

Gemeinsam verlassen sie den Supermarkt und gehen in das kleine italienische Restaurant im Neustädter Pagoden-Speicher – und bestellen richtige Pizza und richtigen Wein.

Tim fragt nach den Flyern des Ornithologenverbandes, die er in der Praxis gesehen hatte. »Haben Sie damit zu tun?«

»Ja, ich bin Mitglied in dem Verband. Interessieren Sie sich auch für die Vogelwelt an unserer Steilküste?«

»Äh, nein, aber der Vorsitzende des Verbandes ist zurzeit ein Fragezeichen in einer Ermittlungsliste.«

»Jürgen Möller? Etwa wegen des Toten auf der Yacht? Das glaube ich nicht. Der Möller ist total harmlos. Ein netter älterer Herr, der an Natur- und Umweltschutz interessiert ist.«

»Wissen sie etwas über den Streit von Herrn Möller mit dem Erbauer der Prunkvilla an der Steilküste?«

»Nein, und es geht mich ja auch nichts an. Sind Sie etwa mit mir essen gegangen, um in Ihrem Fall zu ermitteln?« Dr. Yessica klang verärgert.

Tim wird rot bis hinter die Ohren. »Nein, nein natürlich nicht. Ich …«, stottert er, doch ihm fiel kein schlüssiges Argument dazu ein.

Toll, das ist ja ein absolut gelungener Abend! Nun hat er schon mal ein Date mit einer schönen Frau und dann redet er nur über die Arbeit! Super Tim, voll verbockt!

Er steigt ins Auto und Bruno furzt. Auch das noch! Hoffentlich ist wenigstens das bald vorbei. Er nimmt sich fest vor, Dr. Yessica morgen anzurufen, um sich gebührend zu entschuldigen.

Bruno grunzt und stößt Tim, der sich frustriert mit einem Bier vor den Fernseher gesetzt hat, mit der Schnauze an.

»Bruno, du Armer, dich habe ich ja total vergessen!« Er gibt ihm das frisch gekochte Futter, das Frau Gründel vor die Tür gestellt hatte. Gestern Abend machte er sich halb verhungert darüber her und schaute Tim vorwurfsvoll an, als die stark reduzierte Portion innerhalb kürzester Zeit verputzt war. Heute lag schon nach den ersten Happen echter Protest in seinen Doggenfalten.

»Tut mir leid, mein Dicker, aber die hübsche Frau Doktor hat gesagt, dass du abnehmen musst.«

Bruno grunzt beleidigt, frisst in Windeseile alles auf und schaut Tim mit traurigen Hundeaugen an.

»Na, komm, sei nicht sauer. Wir schalten noch die Waschmaschine ein. Ich habe keine sauberen Hemden mehr im Schrank.« Das schicke blaue Hemd, das Tim heute trug, musste er sich aus diesem Grund kaufen. Auf die Dauer ist Waschen billiger.

Donnerstag

»Moin Ole, aus dem Bett gefallen?«, ruft Tim ihm aus dem geöffneten Autofenster zu. Eine völlig überflüssige Frage, denn Ole strotzt vor Überpünktlichkeit und hatte schon fünf Minuten gewartet.

»Lass uns gleich zu Jürgen Möller fahren!«

»Zu wem?«

»Na, zu dem Ornithologen.«

Bei dem Wort schießt Tim das gestrige Abendessen mit Dr. Yessica ins Gedächtnis. »Ich hab mich gestern mit deiner Schwester getroffen. Sie weiß wirklich, was sie will! Und ich hab's verbockt. Hab sie doch tatsächlich Dienstliches gefragt, das absolute Tabu – und zwar gleich zweimal.«

Ole tippt sich an den Kopf. »Oh Gott Tim, wie doof muss man sein? Ich meinte das gestern eigentlich nicht ernst! Yessica hat zwar studiert und einen tollen Beruf mit eigener Praxis, aber eine Frau ist sie dennoch. Behandle sie bitte auch so!« Ole schüttelt den Kopf. »Befragung beim Rendezvous! Ich glaub's nicht!«

Tim schluckt. »Ja, danke für den Ratschlag, du Klugscheißer! Auf die Idee bin ich auch schon gekommen.«

»Aber leider zu spät, wie mir scheint. – Wo wohnt dieser Möller noch mal?«

»In der Marktstraße. Wir sind gleich da.«

Sie halten vor einem mit Efeu bewachsenen Haus.

»Hier ist es.«

Ein Summer gibt die Haustür frei. Aus dem dunklen Treppenhaus schlägt ihnen ein modriger Geruch entgegen.

»Letzter Stock!«, ertönt eine Männerstimme.

Auf ausgetretenen Stufen steigen sie die schmale Treppe hinauf. An deren Ende steht ein hagerer Mann mit grauem Haar.

»Kripo Neustadt, guten Tag Herr Möller. Mein Name ist Tim Bronkau, das ist mein Kollege Ole Petersen.«

»Kriminalpolizei?«, fragt Jürgen Möller mit angespannter Stimme. »Was wollen Sie von mir?«

»Wir haben einige Fragen im Mordfall Gandulf Ritter.«

»Herr Ritter ist tot? Das ist doch nicht möglich! Ich habe vorgestern noch mit ihm auf seiner Yacht gefeiert.«

»Und genau deswegen haben wir einige Fragen an Sie. Dürfen wir eintreten?«

Nervös nestelt Möller an seinem Hemdkragen herum. An den Wänden der stickigen kleinen Wohnung hängen unzählige Fotos unterschiedlichster Vögel und Landschaften.

»Sie sind weit herumgekommen«, stellt Tim fest.

»Ja, Afrika, Neuseeland, Australien, Südamerika, aber was genau wollen Sie jetzt eigentlich von mir? Ritter ist tot, sagen Sie? Habe ich das richtig verstanden?«

Tim überhört die Fragen. Er horcht beim Wort »Südamerika« auf. Ole fällt es auch auf, das kann Tim an der Denkfalte auf seiner Stirn erkennen. Südamerika war nach Dr. Quals Analyse das Herkunftsland des Tatgifts.

»Bitte schildern Sie uns doch mal den Ablauf des Abends auf der Yacht. Wer war außer Ihnen an Bord, bis wann blieben sie dort und so weiter.«

Möller holt tief Luft, bevor er berichtet: »Also, der Platzwart des Campingplatzes Leuchtfeuer und der Baudezernent der Stadt Neustadt nahmen auch an dieser überflüssigen Veranstaltung teil. Wir haben Champagner getrunken und

Kaviar gegessen. Der Platzwart wurde schon recht früh von seiner Frau abgeholt. Die genaue Uhrzeit weiß ich nicht mehr. Reicht das?«

»Leider nein«, sagt Ole. »Warum hatte Herr Ritter Sie eingeladen? Sie lagen doch mit ihm in Clinch wegen des Neubaus seiner Villa an der Steilküste, oder?«

»Er wollte sich wohl bei mir entschuldigen und mich beeinflussen, keine weiteren Maßnahmen gegen ihn einzuleiten. Naturschutz ist schließlich eine wichtige Sache! In solchen Dingen bin ich nicht bestechlich, absolut nicht«, betont er und macht seinen Rücken ein Stück gerader.

»Nahmen Sie denn seine Entschuldigung an?«

Jürgen Möller braust auf: »Natürlich nicht! Ritter hatte ordentlich Champagner intus und der Baudezernent auch. Diese beiden Lackaffen! Einer eingebildeter als der andere. Auf Umwelt und Naturschutz nehmen die keine Rücksicht. Denen ist alles egal! Da kann man schon mal wütend werden.«

»Sind Sie denn wütend geworden?«

»Ja, sicherlich! Natürlich! Ich bitte Sie! Wie auch immer Herr Ritter die Baugenehmigung erhalten hat, das kann nicht mit rechten Dingen zugegangen sein.«

»Sind Sie dabei – vielleicht – etwas – handgreiflich geworden?«, fragt Ole gedehnt.

»Was denken Sie von mir? Nein, natürlich nicht! Das ist nicht meine Art. Ich habe ihn zwar beschimpft – ja, da geht es manchmal mit mir durch, das gebe ich zu – aber handgreiflich geworden? Nein! Mir reichte es dann irgendwann, da bin ich gegangen. Am Taxistand vor dem Hafen habe ich mir ein Taxi genommen und bin nach Hause gefahren.«

»Wann war das genau?«

»So gegen halb oder Viertel vor elf«, erinnert sich Möller.

»Kurz danach kam Herr Ritter ums Leben. Können Sie uns dazu etwas erklären?«

»Erklären? Gar nicht, ich war ja nicht mehr da. Wie ist er denn umgekommen?«, möchte der Ornithologe wissen.

»Er wurde vergiftet. Und zwar mit einem seltenen Gift, das in Südamerika bei der Vogeljagd verwendet wird. Können sie uns dazu etwas sagen?«, fragt Tim in einem scharfen Tonfall.

Jürgen Möller wird kreidebleich.

»Gift aus Südamerika? Nein, dazu kann ich Ihnen nichts sagen.« Er sieht zu Boden und wischt sich mit der Handfläche über die schweißnasse Stirn.

»Wirklich nicht, Herr Möller? Sie waren anscheinend oft in Südamerika. Was ist das für ein Gift?«

»Woher soll ich das wissen? Ich bin Vogelkundler und nicht Vogeljäger oder Giftmischer, geschweige denn ein Mörder. Sie sind doch die Polizei, finden Sie das gefälligst selbst heraus!«, brüllt Jürgen Möller.

Tim versucht, ihn zu beruhigen: »Wir müssen jede Spur prüfen, Herr Möller. Sie waren nun mal an Bord – und unsere Pflicht ist es auch, festzustellen, dass Sie nicht der Mörder sind. Bitte haben Sie Verständnis, wenn wir später noch weitere Fragen haben sollten. Für heute danken wir Ihnen und wünschen einen schönen Tag.«

Himmel, denkt Tim, da steht vielleicht ein Mörder vor mir, brüllt mich an, und ich muss ihm noch vor lauter Freundlichkeit die Füße küssen.

Im Wagen sagt Tim zu Ole: »Verdammt, ich glaube, er hängt da irgendwie mit drin. Deine Schwester meinte zwar,

Herr Möller sei ein netter älterer Herr, aber hast du gesehen, wie nervös und zittrig er war? Und als wir ihn auf das Gift ansprachen, ist er weiß wie ein Mehlsack geworden. Aber es gibt keine Beweise. Was machen wir jetzt?«

»Lass' uns noch einmal alles genau durchgehen«, schlägt Ole vor.

Im Büro stehen sie vor der gläsernen Tafel, an die sie Fotos des Opfers und aller verdächtigen Personen geheftet haben. Bruno grunzt in seinem Polizeikörbchen. Tim gibt ihm ein Leckerli.

»Also, Frau Ritter können wir definitiv ausschließen. Erstens hat sie ein Alibi und zweitens ist sie auch kräftemäßig nicht in der Lage, ihrem Mann eine Spritze in den Körper zu stoßen. Was meinst du?«, fragt Ole.

»Sehe ich genau so«, antwortet Tim und heftet das Foto auf die andere Seite der Tafel.

»Aber was ist mit dem Campingplatzwart? Seine Frau könnte auch gelogen haben, als sie ihm das Alibi gab. Es wäre möglich, dass sie ihn doch nicht abgeholt hat und der Platzwart viel länger blieb oder zurück kam, als die anderen bereits gegangen waren.«

»Hm, denkbar. Außerdem bitten wir jetzt Sabine, bei der Taxizentrale nachzufragen. So haben wir Möllers Alibi überprüft. Aber lass' uns trotzdem noch mal zum Hafen fahren.«

Die Yacht ist mit Polizei-Absperrband gesichert. Tim und Ole steigen drüber hinweg.

»Der Täter hat die Spritze mitgenommen, soviel steht fest«, Ole lässt seinen Blick über die elegante Yacht schweifen. »Wirklich ein schickes Bötchen. Könnte mir auch gefallen, mit Maggie und dem Kleinen ein bisschen auf der Ostsee herumzuschippern und sich die Sonne auf den Bauch scheinen zu lassen. Das wär's doch, oder?«

Tim antwortet nicht.

»He! Was ist?«

Tim macht ein Aha-Gesicht: »Ole, Mensch, sind wir blöd! Siehst du das?«

»Nein, was denn?«, fragt Ole, immer noch etwas gereizt, weil Tim ihm nicht zugehört hatte.

»Na die Überwachungskameras! Da!«

»Scheiße! Wie konnten wir die übersehen? Vielleicht steht der Name eines Sicherheitsdienstes drauf und wir können rauskriegen, wo die Dinger aufzeichnen.«

Auf einer der Kameras, die von der Strandpromenade aus das Geschehen im Yachthafen einfangen, finden sie einen Aufkleber der Firma Securior in Heiligenhafen. Tim ruft die aufgedruckte Nummer an.

»Wir können hinkommen«, sagt er zu Ole. »Allerdings ist das Büro nur bis 17 Uhr besetzt. Alles andere läuft dann automatisch. Komm, wir müssen uns beeilen.«

»Benimm' dich bitte, Bruno!«, sagt Ole in einem ernsten Tonfall zu dem Hund, als sie in sein neues und gut duftendes Auto einstiegen. Bruno schnauft und leckt sich über die platte Nase. Ole hofft, dass das Zustimmung bedeutet.

Beim Betreten des Büros der Sicherheitsfirma bleibt Bruno unvermittelt wie angewurzelt stehen und ist nicht zum Weitergehen zu bewegen.

»Was ist los, Dicker?« Tim sieht zu dem Hund hinab.

Ole stößt Tim an. »Das ist es – guck mal.« Er deutet auf eine große Langhaarkatze, die auf einem Schreibtisch liegt. Als sie Bruno erblickt, faucht sie. Bruno fiept leise.

Tim muss ihn draußen an einen Laternenmast leinen.

Als er wieder hereinkommt, hat Ole bereits einen repektablen Stapel CDs in der Hand. Tim stöhnt innerlich auf. Überwachungsvideos sichten, und dann noch so viele – das bedeutet Nachtschicht. Er muss Kollegin Sabine fragen, ob sie ihm dabei hilft. Ole ist raus, der hatte sich bei ihrem vorletzten Fall schon zwei Nächte um die Ohren geschlagen. Tim hat keine Wahl.

»Es gibt vier Kameras am Yachthafen. Dies sind alle Aufzeichnungen aus der betreffenden Nacht«, erklärt der Mitarbeiter von Securior.

»Machen sie dort auch Kontrollfahrten?«, hofft Tim.

»Nein, der Yachthafen wird nur von den Kameras überwacht. Das allein sei abschreckend genug, meinte der Yachtklub, der die Installation und den Betrieb der Kameras bezahlt.«

»Tja, Tim«, sagt Ole mit kühler Sachlichkeit, »dann wünsche ich dir eine beschauliche Nacht. Ich setze dich an der Wache ab.«

»Ein bisschen Mitleid könntest du ruhig haben! Vor allem wenn ich bedenke, dass ich jetzt bei Sabine anrufen und sie bitten muss, mir zu helfen.«

»Das wird sie nicht gern hören. Sie hat einen neuen Freund und fährt mit ihm am Wochenende nach Kassel zu den Wasserspielen. Viel Spaß!«

Tim schaut Ole verdutzt an. »Woher weißt du das nun schon wieder?«

»Ich spreche eben ab und zu auch mal privat mit den Kollegen«, grinst Ole.

Das tat Tim zwar auch, aber irgendwie gehen ihm persönliche Informationen gern durch die Lappen. Er rutscht immer tiefer in seinen Sitz hinein, während er mit Sabine spricht. Schließlich legt er auf und atmet erleichtert aus.

»Und, was sagt sie?«, fragt Ole.

»Sie macht es.« Tim räuspert sich. »Aber ich musste ihr versprechen, dass ich zwei ihrer Nachtschichten übernehme.

»Das ist doch ein fairer Deal. Bis morgen dann. Hoffentlich findest du wenigstens etwas. Viel Glück.«

»Danke. Kannst du Bruno noch bei Frau Gründel vorbeibringen? Das wäre nett.«

»Na klar. Es ist ja nicht so weit. Bis dahin wird er wohl dichthalten!«

»Sei brav, Bruno«, Tim lacht und steigt aus. »Bis morgen.« Mit dem Stapel CDs unter dem Arm geht er ins Büro.

Sabine hatte schon die Vorhänge zugezogen, nur eine kleine Lampe leuchtet auf Tims Schreibtisch.

»Na, dann mal her mit dem heutigen Kinoprogramm«, sagt sie in gespielter Verzweiflung. »Ich habe uns noch schnell ein paar Chips besorgt und eine Kanne starken Kaffee gekocht, damit wir nicht einschlafen.«

Auf einer der CDs ist Jochen Bruns zu sehen. Er verließ tatsächlich zur angegebenen Zeit die Yacht. Sein Alibi ist wasserdicht!

Tim denkt nebenbei an Dr. Yessica – und an sich: Was war er bloß für ein Trottel! Gleich morgen will er sie anrufen und sich entschuldigen. Hoffentlich ist sie nicht mehr sauer. Tim legt die inzwischen fünfte CD ein und grübelt weiter.

Sabine gähnt.

»Da!«, ruft Tim plötzlich. »Halt mal eben an!« Er reibt sich die Augen. »Das ist ja Möller! Warum rennt er denn so schnell weg? Welche Uhrzeit wird angezeigt? 23:39. Das passt in die analysierte Todeszeit. Allerdings nicht zu der Zeit, die er uns genannt hat. Ich wusste es! Er hat etwas damit zu tun!«

Die CD läuft weiter.

»Sieh mal!«, fordert Sabine.

Nur kurz, nachdem Jürgen Möller von der Yacht verschwand, fährt ein schwarzer Wagen dicht an den Steg heran. Ein Mann im schwarzen Anzug, mit weißem Hemd und schwarzer Krawatte steigt aus. Trotz der Dunkelheit verdeckt eine Sonnenbrille nahezu sein gesamtes Gesicht. Als er sich das pomadige Haar nach hinten streicht, können Tim und Sabine im fahlen Licht der Laternen erkennen, dass er Handschuhe trägt.

»Was ist denn das für ein komischer Typ? Wieso läuft der nachts mit einer Sonnenbrille herum?« Tim starrt gebannt auf den Bildschirm.

Großes Kino: Der Mann geht zur Yacht. Genau acht Minuten später taucht er wieder auf, steigt in sein Auto und verschwindet aus dem Blickwinkel der Kamera.

»Ist das Kennzeichen zu sehen? Versuch mal zu zoomen.«

»Geht nicht«, stellt Sabine fest.

Sie sitzen nun ganz dicht vor dem Monitor, aber nur die letzten beiden Ziffern des Nummernschildes sind zu erkennen: 66. Immerhin!

»Mehr geht nicht. Mist! Aber es scheint eine Mercedes S-Klasse zu sein. Kein Orts-Kennzeichen, nichts. Als hätte der Typ genau gewusst, wo er parken muss, damit ihn die Kamera nicht ganz erwischt. Merkwürdig. Aber jetzt können wir wenigstens nach Hause. Wie spät ist es eigentlich?«

Sabine sieht auf die Uhr. »Halb drei. Mann, die Zeit ist doch schneller vergangen als gedacht. Bis morgen, Tim!« Sie schnappt sich Tasche und Jacke und rauscht davon.

Was ist dieser Jürgen Möller bloß für ein merkwürdiger Typ? Hatte er Gandulf Ritter umgebracht?

Die Zeit passte zur Tatzeit.

Aber was ist mit dem Gift und wo ist die Spritze?

Und warum hatte Jürgen Möller es so eilig? Wovor war er auf der Flucht?

Freitag

Trotz der ungelösten Fragen schläft Tim traumlos bis um acht Uhr.

Acht Uhr? Oh nein! Ich komme zu spät! Verdammte Überwachungsvideos. Ich hasse die Dinger!, flucht Tim innerlich.

Er putzt sich flugs die Zähne. Seine Haare lassen sich nicht mehr bändigen. Ein Friseur-Besuch ist heute Pflicht! Wenigstens auf dem Kopf will er für Dr. Yessica passabel aussehen, wenn er sie das nächste Mal trifft.

Die gute Frau Gründel steht wieder einmal mit einem Becher Kaffee und einem Marmeladenbrötchen am unteren Ende der Treppe.

»Was würde ich nur ohne Sie machen?«, lacht Tim und streichelt nebenbei Bruno, der vor Freude mit seinem ganzen Hinterteil wackelt. »Der ist auch mit Ihnen einverstanden und fühlt sich gut versorgt.«

»Ist schon gut«, winkt Frau Gründel ab.

»Was ist denn das für ein Blues-Brothers-Typ?«, ruft Ole, als Tim ins Büro kommt.

»Was für ein Typ?«

»Na der aus dem Überwachungsvideo! Der sieht aus wie aus dem Blues Brothers Film. Sag' bloß, die kennst du nicht. Solltest du mal mit Yessica ansehen. Die steht drauf!« Ole blinzelt Tim zu.

Tim verdreht die Augen. Das konnte ja nur wieder sowas Oberaltmodisches sein! Blues Brothers, nie gehört!

»Und geh' mal zum Friseur. Deine Haare erinnern mich irgendwie an ein Vogelnest«, schlägt Ole vor.

Tim ist genervt. »Jaha, ist ja gut! Ich habe schließlich fast die ganze Nacht hier gehockt, während du dich schön ins warme Bett kuscheln konntest!«

Ole reicht ihm zur Versöhnung einen Becher Kaffee. »Was sagst du übrigens zu diesem Fluchtsprint von Jürgen Möller? Scheint ja etwas Schlimmes passiert zu sein auf der Yacht. Wir fahren gleich noch mal zu ihm. Die Taxizentrale hat sich auch endlich gemeldet und die Zeit, zu der er das Taxi genommen hat bestätigt. Wasserfester geht's nun nicht.«

Tim nickt. »Ist gut. Mal sehen, was er uns heute zu erzählen hat.«

Möller passt der Besuch nicht: »Sie schon wieder! Was wollen Sie denn noch? Ich habe doch alles gesagt!«, wettert er den beiden entgegen.

»Wir glauben aber, dass Sie noch etwas vergessen haben! Lassen sie uns bitte erst hinein!«

»Wir haben die Überwachungsvideos der Kameras am Yachthafen gesichtet und darauf ist zu sehen, dass Sie um 23.39 Uhr ungewöhnlich hastig die Yacht von Herrn Ritter verlassen. Auch die Taxizentrale bestätigt die Uhrzeit. Können Sie uns das erklären?«

»Ich habe Ihnen ja bereits gesagt, dass ich mir zwischen halb und Viertel vor elf ein Taxi genommen habe.« Auf seiner Stirn bilden sich Schweißtropfen.

»Stimmt, das erwähnten Sie«, bestätigt Ole nickend. »Das Überwachungsvideo zeigt aber einundzwanzig Minuten vor zwölf an. Da fehlt eine ganze Stunde. Was ist in dieser Stunde passiert? Sie verschweigen uns etwas. Das Video beweist es.«

Möller zögert. Schließlich sagt er: »Ja, gut, ich war länger da – etwas betrunken. Ritter auch. Wir haben gerangelt. Er hat mich gegen einen Tisch geworfen. Sehen Sie – hier!« An Armen und Beinen hat er große blaue Flecken.

»Was passierte dann?«

»Nichts. Ich bin abgehauen! Das ist es, was Sie auf diesem Video haben.«

»Ist Ihnen auf dem Weg zum Taxistand eine schwarze Mercedes-Limousine aufgefallen?«, will Tim wissen.

Möller reißt erschrocken die Augen auf: »Wieso? Ist die auch auf dem Video?«

»Allerdings!«, bestätigt Ole. »Sie kennen also das Fahrzeug? Und den Fahrer? Er trug einen schwarzen Anzug und sonderbarerweise eine Sonnenbrille.«

»Nein, nein, ich habe nichts gesehen. Nichts.« Jürgen Möller hat scheinbar etwas Interessantes auf dem verblichenen Teppich entdeckt, denn er starrt unentwegt auf den Fußboden.

Tim macht das neugierig: »Dürfen wir uns hier mal ein bisschen umsehen?«, fragt er.

»Auf keinen Fall. Das kommt nicht in Frage!«, bellt Möller nervös.

»Gut, dann begleiten Sie uns bitte zur Wache, damit die Kollegen ihre Aussage zu Protokoll nehmen können.«

»Chef«, sagt Tim, als er das Büro des Hauptkommissars betritt, »wir brauchen einen Durchsuchungsbefehl für die Wohnung des Vorsitzenden des Ornithologenverbandes, Jürgen Möller. Jetzt gleich!«

Niebuhr ist in Eile. »Ach Mensch, Bronkau. Wie soll ich das denn machen? Jetzt gleich! Wie stellen Sie sich das vor?«

Tim nimmt das als schlichte Frage entgegen. »Sie rufen den Staatsanwalt an und bitten ihn um die Eilausstellung eines Durchsuchungsbefehls, den er dann sofort zu uns faxt. So stelle ich mir das vor.« Tim weiß, dass diese Antwort unverschämt ist.

Niebuhr geht in sich: »Bronkau! Sagen Sie mir nicht, was ich zu tun habe! Aber Sie haben ja recht. Ich kümmere mich darum.«

Zwanzig Minuten später kommt der Hauptkommissar freudestrahlend zu Ole und Tim, wedelt mit einem Blatt Papier in der Hand.

»Das ging aber schnell!«, staunt Ole.

»Ja, man muss nur wissen, wie man es anstellt, nicht wahr?«, bemerkt Heinz Niebuhr stolz. Ole schaut zu Tim, der vielsagend lächelt.

»Äh ja, danke Chef. Wir fahren jetzt los. Möller sitzt nämlich nach wie vor im Vernehmungszimmer. Sabine dehnt die Sache etwas aus. Dann können wir in Ruhe anfangen.«

»Martin habe ich schon informiert!«, ruft Niebuhr den beiden noch hinterher.

Ruck-zuck öffnet der Schlüssel-Notdienst die Tür zu Jürgen Möllers Wohnung.

Martin kommt hinzu, als Tim und Ole gerade in die Tiefen einer Schublade abtauchen. »Vermurkst mir hier keine Spuren! Handschuhe anziehen bitte!«, mahnt er. »Puh, was ist das hier für ein altes Zeug!«

»Chef, kommst du mal in die Küche?«, ruft einer der Kollegen, die sich in der Wohnung verteilt haben. Er hält mehrere Spritzen und ein mit einer milchigen Flüssigkeit gefülltes Fläschchen in die Höhe.

»Ha, wusste ich es doch! Wir haben ihn!«, triumphiert Ole.

Tim informiert Sabine: »Den Herrn Möller können wir in Untersuchungshaft nehmen.«

»Was soll das denn, meine Fingerabdrücke sind doch bereits in Ihrer Kartei!«, empört sich Jürgen Möller, als er die ganze Erfassungsprozedur wieder über sich ergehen lassen muss. Dann sinkt er auf die Schlafpritsche in der Zelle und verbirgt sein Gesicht in den Händen. Er schüttelt den Kopf und seufzt.

Zwei Stunden vergehen, bis der Schlüssel erneut an der Zellentür klimpert.

»Bin ich frei? Lassen Sie mich wieder laufen?«

»Nein, Sie kommen zur Vernehmung«, antwortet der Beamte.

»Noch mal? Die beiden sind aber hartnäckig!«

Tim beginnt die Befragung: »Herr Möller, wie Ihnen die Kollegin ja bereits mitteilte, fand inzwischen eine Durchsuchung ihrer Wohnung statt. Dabei stellten wir in Ihrer Küche mehrere Spritzen und ein Fläschchen mit einer Flüssigkeit sicher. Es ist vermutlich das Gift, mit dem Herr Ritter getötet wurde. Sie können uns doch sicher etwas dazu sagen?«

Herr Möller wird kreidebleich. »Ich weiß nicht, wie dieses Zeug in meine Wohnung kommt. Wo sagten Sie, haben sie das gefunden?«

»In einer Schublade in Ihrer Küche«, wiederholt Tim.

»Das kann nicht sein!«, beschwört Möller. »Ich weiß wirklich nichts davon, das müssen Sie mir glauben!«

»Sie haben uns schon einmal belogen, also raus jetzt mit der Wahrheit!« Ole ist gereizt.

Jürgen Möller bestreitet weiterhin, von den Spritzen und dem Gift gewusst zu haben. Allein, es fehlen die Beweise. So wird er wieder in seine Zelle gebracht.

»Machen wir also morgen weiter. Eine Nacht in der Zelle kocht ihn bestimmt weich«, hofft Tim.

»Okay, dann also bis morgen.« Ole kramt den Schlüssel für das Fahrradschloss aus seiner Jackentasche.

Tim sitzt im Auto vor der Polizeiwache. Ihm klopft das Herz bis zum Hals. Schließlich wählt er die Nummer von Dr. Yessicas Praxis.

»Hallo, hier ist Tim Bronkau. Können Sie mich mit Frau Dr. Petersen verbinden, bitte?«

Eine leise Melodie erklingt, dann ist sie dran: »Guten Tag Tim. Wie geht es Bruno?«, fragt die Tierärztin freundlich.

»Äh, Bruno? Ja, äh, dem geht's gut, danke.« Bruno hört seinen Namen und grunzt zufrieden auf der Rückbank, wo er an einem getrockneten Schweineohr kaut. »Aber ich rufe eigentlich nicht wegen Bruno an. Ich wollte mich für neulich entschuldigen. Es tut mir leid. Geben Sie mir noch eine Chance? Hätten sie Lust auf Blues Brothers bei mir zu Hause?«

»Bei Ihnen zu Hause? Ich weiß nicht.« Dr. Yessica hat einen anderen Vorschlag: »Lieber wäre mir ein zweiter Versuch mit Pizza und Wein und dann Blues Brothers im Kino. Die Vorstellung beginnt um 22.30 Uhr im Kinocenter.«

»Klingt gut!« Tim grinst ins Telefon. »Ich hole Sie um halb acht ab.«

»Einverstanden.«

Tim schaut in den Rückspiegel – und erschrickt. Das Vogelnest auf seinem Kopf! Er sieht auf die Uhr. Fünf, das kann er noch schaffen. Schleunigst fährt er zum Salon Monika.

»Hi Tim, wie geht's? Warst lange nicht mehr hier – man sieht's an deinem Kopf. Wolltest du da Krähen brüten lassen? Nimm Platz.«

Anja plaudert ununterbrochen, doch Tim ist mit seinen Gedanken bei Dr. Yessica. Heute Abend muss er sich zusammenreißen! So einen Patzer wie beim letzten Treff darf er sich nicht noch einmal leisten.

»So besser?«, fragt Anja nach einer knappen halben Stunde. Tim sieht in den Spiegel. »Oh ja, sieht super aus, danke. Du hast mich gerettet.«

»Du bleibst heute Abend hier und bewachst den Fernseher!«, befiehlt Tim, während er Bruno den Napf füllt. Inzwischen protestiert der Hund wegen der kleinen Portionen nicht mehr ganz so heftig.

Yessica wartet bereits vor der Tür, als Tim vorfährt. Scheint in der Familie zu liegen, diese Überpünktlichkeit!

»Wo ist Bruno?«, fragt Dr. Yessica, als sie das angekaute Schweineohr auf dem Rücksitz entdeckt.

»Der bewacht heute mal den Fernseher.«

»Was machen seine Beschwerden?«

»Es ist zwar besser geworden, aber noch nicht komplett verschwunden. Ich wollte am Montag zu Ihnen in die Praxis kommen.«

»Gern«, sagt sie und lächelt ihn an, während ihr Blick über seine geschnittenen Haare gleitet. »Ich freue mich.«

Sie finden einen gemütlichen Tisch in einer ruhigen Ecke der Pizzeria und bestellen exakt das Gleiche wie vor drei Tagen. Der Kellner erkennt sie wieder und zwinkert Tim zu.

Nachdem sie mit dem Wein angestoßen hatten, sagt Dr. Yessica leise: »Ich möchte Sie ebenfalls um Entschuldigung bitten. Meine Reaktion fiel an diesem Abend ein wenig zu heftig aus. Ihr Beruf ist ja sehr interessant, ich höre Ole auch immer gern zu, wenn er mal erzählt, wie sich etwas aufklärte. Es lag wohl an meinem Verhältnis zu den Vogelkundlern. Früher habe ich mich in dem Verband stark engagiert, aber seitdem die Praxis so gut läuft, komme ich einfach nicht mehr dazu, an den Treffen teilzunehmen. Ich erzähle Ihnen gern noch etwas darüber, wenn Sie möchten.«

Tim ist erleichtert. »Ja, sehr gern.«

»Den Ornithologenverband gibt es seit fünfzehn Jahren. Die Mitglieder leisten wirklich wichtige Arbeit, um den Bestand an seltenen Vogelarten an unserer Steilküste zu bewahren. Vor Kurzem erst wurden hier Austernfischer entdeckt, die sonst nur an der Nordsee vorkommen! Sämtliche Vogelarten werden katalogisiert. Einige sogar eingefangen und beringt. Dann können alle Vogelkundler, die diese Vögel entdecken, die Nummer auf einer speziellen Website eingeben und deren Reiseroute bestimmen. Das ist sehr interessant. Darüber hinaus betreibt der Verband ein Speziallabor in Grömitz, in dem Wissenschaftler die Exkremente der Tiere untersuchen. Wenn Vögel tot aufgefunden werden, stellt man fest, ob sie Krankheiten hatten. Eine Abteilung arbeitet sogar weltweit. Alle Untersuchungsergebnisse von Proben, die Partner aus aller Welt einschicken, werden in einer Datenbank zusammengefasst.«

»Führt man dort auch Analysen von sehr seltenen Giften durch?«, fragt Tim dazwischen.

Dr. Yessica schaut ihn erstaunt an. »Ja, aber wie kommen Sie darauf? Dieser Bereich des Labors unterliegt strengster

Geheimhaltung und nur wenige Menschen wissen davon. Wissenschaftler aus verschiedenen Nationen forschen dort an verschiedenen Giften, die unter anderem in Südamerika und Afrika zur Jagd auf Vögel eingesetzt werden.«

Tim grübelt über das Gift nach. Es gibt also eine mögliche Verbindung! Seine Spürnase hatte mal wieder den richtigen Riecher gehabt! Aber wie kam das Fläschchen in die Küche von Jürgen Möller? Und der behauptete auch noch, nichts davon zu wissen!

Dr. Yessica reißt ihn aus seinen Gedanken. »Ich freue mich so auf den Film. Ich habe ihn schon elfmal gesehen, herrlich!«

Tim verschluckt sich fast an seiner Salami-Pizza. Elfmal? War das möglich? Er selbst hatte noch nie von dem Film gehört und Dr. Yessica könnte womöglich synchron mitsprechen? Hoffentlich blamiert er sich nicht.

»Ich kenne diesen Film überhaupt nicht«, wagt Tim zuzugeben.

»Oh, der wird Ihnen bestimmt gefallen! Welche Filme mögen Sie denn?«

Tim überlegt. Sollte er es wirklich verraten? Ja, immer schön bei der Wahrheit bleiben! »Nun, äh, Transformers, Hulk, Superman, X-Men und so. Das sind meine Lieblingsfilme, Fantasy eben. Da bin ich wohl ein Kind geblieben.«

»Das ist schön! Ich mag Menschen, die nicht ständig alles so ernst nehmen.«

Tim lächelt. Solch eine Antwort hat er sich gewünscht. Ein Glück, sie hielt ihn nicht für einen totalen Kindskopf! Sie zahlten und der Kellner zwinkerte ihnen wieder zu.

»Ciao, eine schöne Abende noch für euche beidene.«

Den Film findet Tim todlangweilig. Er grübelt über den Fall Ritter, bis Dr. Yessica ihn anstößt und etwas fragt. Er kriegt die Frage gar nicht richtig mit, nickt nur und lächelt sie an.

Als sie wieder auf die Straße treten, sagt sie: »Blues Brothers ist kein Film nach Ihrem Geschmack, oder?«

»Ich muss zugeben, nein«, lächelt Tim etwas unsicher.

»Wollen wir uns nicht duzen?«, fragt sie.

»Ja, sehr gern. Ich bin Tim!« Er küsst sie auf die Wange und wird rot.

Sie gehen schweigend zurück zu Tims Auto und fahren zu Yessicas Wohnung. »Gute Nacht, das war ein lustiger Abend. Vielen Dank!«

Er wartet noch, bis Yessica sicher in ihrer Haustür verschwunden ist. Dann fährt er selig grinsend nach Hause.

Montag

Ole ist sofort Feuer und Flamme für den neuen Ermittlungsansatz, als Tim von dem geheimen Labor erzählt. »Dr. Wagner, der Leiter des Labors, wird Sie gleich abholen«, informiert sie der Pförtner. »Nehmen sie doch einen Augenblick dort vorne im Eingangsbereich Platz.«

Es dauert keine fünf Minuten und Dr. Wagner, ein kleiner rothaariger Mann mit runder silberner Brille, kommt über den Flur gewieselt.

»Guten Morgen, guten Morgen meine Herren. Was kann ich für Sie tun?«

Tim und Ole erläutern ihr Anliegen, die Herkunft des Gifts zu klären. »Es scheint logisch, dass es aus Ihrem Labor stammt.«

Dr. Wagner reagiert erschrocken. »Das ist nicht möglich! Das Gift ist stets sicher verschlossen. Alle Gifte sind hier sicher verschlossen! Nur ein kleiner Kreis von Angestellten hat Zugang zu dem Schrank. Die Substanzen sind schließlich lebensgefährlich! Kommen Sie, ich zeige Ihnen, wo und wie die Gifte aufbewahrt werden.«

»Warum forschen Sie hier überhaupt mit solchen Giften?«, fragt Ole.

»Nun, wir untersuchen die Jagdmethoden der Ureinwohner am Amazonas, und dazu gehören natürlich auch die verwendeten Giftarten.«

Dr. Wagner schließt das Schränkchen auf und erstarrt.

»Es fehlen zwei Fläschchen! Das Gift, es heißt Lamperoid, wird aus einer in Südamerika vorkommenden Pflanze gewonnen. Bereits kleinste Mengen sind tödlich. Für Vögel jedenfalls. Für Menschen benötigt man natürlich eine etwas höhere Dosis.«

»Das haben wir uns schon gedacht.« Tim zieht die kleine Glasflasche, die sie an Bord der Yacht gefunden hatten, aus der Tasche.

»Ist dies eines der fehlenden Fläschchen?«

»Ja, mit Sicherheit. Sehen Sie, hier ist der Rest unseres Etiketts. Jedes Giftfläschchen ist registriert.«

»Und die Entnahme der Flaschen? Wird die auch registriert?«

Dr. Wagner nickt und geht in sein Büro gleich gegenüber dem Schränkchen. »Hier in diesem Büchlein werden alle Entnahmen dokumentiert. Die letzte Entnahme war am vorigen Montag. Demnach sollten noch drei Flaschen im Schrank sein. Aber wie Sie gesehen haben, steht nur noch eine darin. Also hat jemand das Gift unbefugt entwendet. Das ist ja wohl die Höhe! Und das in unserem renommierten Institut! Wir werden dem nachgehen. Wer kann das gewesen sein?«

»Das würden wir auch gern wissen.« stimmt Ole zu. »Bitte listen Sie uns auf, wer einen Schlüssel zu dem Schränkchen besitzt.«

Dr. Wagner macht es kurz: »Es sind nur drei Personen: Meine Assistentin Frau Dr. Meyer, Abteilungsleiter Dr. Ulrich und ich. Ich lasse die beiden rufen.«

Frau Dr. Meyer kommt sofort angelaufen. Sie wirkt verstört und kann sich auch nicht erklären, wie die Fläschchen unbemerkt aus dem Giftschrank verschwinden konnten. Der Abteilungsleiter ist nirgends aufzufinden – seltsam.

»Wo steckt Dr. Ulrich denn nur?«, wundert sich Dr. Wagner.

»Lassen Sie sich von Frau Dr. Meyer seine Anschrift geben.«

»Er wohnt in Kiel«, weiß die Assistentin. »Manchmal nimmt er auf dem Weg einen Außentermin wahr. Heute Früh ist er noch nicht auf der Arbeit erschienen.« Sie gibt Tim einen Zettel mit der Adresse von Dr. Ulrich.

»So eine elend weite Fahrt!«, stöhnt Ole, als sie wieder zum Auto gehen.

»Macht doch nichts«, tröstet Tim, »dann kann ich dir erzählen, wie es gestern Abend mit deiner Schwester war!«

Ole sieht ihn nachdenklich an. »Nicht, dass du noch mein Schwager wirst, das muss nun wirklich nicht sein!«

Dr. Ulrich lebt in einer kleinen Gartenlaube am Rande der Landeshauptstadt.

»Merkwürdige Behausung für einen Wissenschaftler, aber die sind ja manchmal etwas kauzig«, bemerkt Ole.

Sie klopfen, denn eine Klingel gibt es nicht.

Dr. Ulrich öffnet ihnen im Pyjama.

»Guten Morgen – guten Tag, Herr Dr. Ulrich. Wir sind von der Kripo Neustadt und haben ein paar Fragen an Sie. Dürfen wir hereinkommen?«

Dr. Ulrich öffnet die Tür einen Spalt weiter, ohne ihnen zu antworten. Er geht voraus in das kleine Wohnzimmer. Tim und Ole sehen sich verwundert an.

»Dr. Ulrich, aus dem Giftschrank des Labors der Vogelkundler sind zwei Flaschen hochgiftiges Lamperoid entwendet worden. Wie uns Dr. Wagner mitteilte, haben nur er, Sie und Frau Dr. Meyer einen Schlüssel zu dem Schrank. Können Sie uns sagen, wo das Gift geblieben ist oder wo es sein könnte?«

Dr. Ulrich sieht nachdenklich auf den Boden.

Mal eine neue Variante denkt Tim. Der eine Verdächtige fährt gleich aus der Haut und schreit uns an, der andere sagt gar nichts.

»Herr Dr. Ulrich, haben Sie verstanden?«, fragt Tim und sieht Ole schulterzuckend an.

Nach einer weiteren Minute des Schweigens hebt Dr. Ulrich den Kopf. »Ich habe die Fläschchen genommen«, sagt er kaum hörbar. »Ja, ich war das.«

»Warum? Wozu?«, will Ole wissen.

Dr. Ulrich hat eine Überraschung parat: »Ich wurde erpresst«, sagt er gequält. »Ich habe Schulden und jemand hat mir viel Geld für das Gift geboten. Da habe ich es einfach aus dem Schränkchen genommen, um den Männern, die mich seit drei Jahren tyrannisieren, endlich ihr Geld wiederzugeben. Ich weiß, dass das falsch war. Ich schäme mich sehr dafür. Das können Sie mir glauben. Ich werde jetzt meinen Job verlieren, das ist mir klar.«

»Sie haben nicht eine Sekunde darüber nachgedacht, was mit dem Gift alles angerichtet werden kann?«, fährt Ole Dr. Ulrich an. »Es wurde ein Mensch damit getötet! Oder dachten Sie, jemand wollte es zum Blumengießen benutzen?«

Tim nimmt Ole am Arm und zieht ihn zurück.

»Dr. Ulrich, wem haben Sie das Gift gegeben?«, führt Tim jetzt die Befragung fort.

»Das weiß ich nicht. Ein Mann rief mich eines Tages hier zu Hause an. Er nannte seinen Namen nicht. Er wusste von meinem Umgang mit den Giften und wollte es teuer bezahlen. Damit wäre ein Teil meiner Schuldensorgen erledigt, dachte ich. Ich sollte das Gift in einen Mülleimer am Bahnhof der Nord-Ostsee-Bahn in Neustadt legen. Am nächsten Tag hatte ich einen Umschlag mit 30 000 Euro im Briefkasten.

Davon sind nun nur noch 5000 Euro übrig und mein Job ist auch weg.«

»Das ist wohl Ihre kleinste Sorge, Dr. Ulrich! Sie haben Beihilfe zu einem Mord geleistet, ist Ihnen das bewusst?«, faucht Ole.

»Wir müssen Sie in Untersuchungshaft nehmen. Packen Sie bitte ein paar Sachen zusammen und ziehen Sie sich an.«

»Verdammt noch mal, wie kann man bloß sowas von gleichgültig sein?«, regt Ole sich immer noch auf.

Tim steht schon wieder vor der gläsernen Wand mit den Fotos und rauft sich die Haare. »Wir haben zwei Männer in Untersuchungshaft und trotzdem nichts in der Hand. Der Chef wird begeistert sein.«

Wie aufs Stichwort erscheint Heinz Niebuhr in der Tür. »In zwei Stunden ist Pressekonferenz. Was soll ich denen sagen? Dass meine besten Ermittler nicht in der Lage sind, wenigstens einen annähernd hieb- und stichfesten Beweis zu liefern? Und das nach fast einer Woche! Mann, Mann, Mann. Das wird ja ein tolles Treffen mit den Presse-Haien. Die werden mich zerfleischen! Es sind Journalisten aus ganz Schleswig-Holstein und sogar aus Hamburg da. Die werden mich zerfleischen!«, wiederholt Heinz Niebuhr aufgebracht. »Seht zu, dass ihr innerhalb der nächsten zwei Tage wenigstens irgendetwas herausfindet! Sonst werfe ich euch den Haien vor!«

»Ja, Chef!«, rufen Tim und Ole und salutieren.

»Verarschen kann ich mich auch alleine ihr beiden Superbullen! Haltet euch ran! Da muss ich wohl wieder mal was von schwebenden Ermittlungen und geheimen heißen Spuren erzählen«, sagt Niebuhr.

Sowie er weg ist, wenden Tim und Ole sich wieder der Wand zu.

»Der war ja mächtig aufgebracht. Und er hat uns auch schon wieder geduzt, hast du das gemerkt?«

Wenn ihr Chef so richtig in Rage war, neigte er dazu, jeden zu duzen, sogar den Staatsanwalt.

»Kein Wunder, er hat ja recht. Wir fischen echt im Trüben, Ole. Wer ist dieser verdammte Unbekannte? Oder sitzt der wahre Täter doch schon in unseren U-Zellen und brütet sich neue Lügen aus? Wir brauchen eine Überprüfung von Dr. Ulrichs Telefonanschluss. Ich frage Sabine.«

»Haben wir eigentlich schon Nachricht, wegen der schwarzen Limousine vom Überwachungsvideo aus dem Hafen?«, will Tim von Sabine wissen, nachdem er sie um die Überprüfung des Telefonanschlusses gebeten hat.

»Ja, aber in Neustadt ist kein Fahrzeug dieses Typs zugelassen mit zwei Sechsen am Ende des Kennzeichens.«

Tim seufzt. »Lass uns zum Bahnhof fahren und die Überwachungsvideos anschauen. Mein neuer Lieblingsjob.«

Der Mitarbeiter der Bahn ist sehr freundlich und lässt sie in einen glücklicherweise katzenfreien Überwachungsraum. Da sie dieses Mal die Zeit eingrenzen können, dauert es nur etwa 30 Minuten, bis sie den Mann auf dem Video erkennen.

»Das gibt es doch nicht!«, entfährt es Ole, als er den Mann erkennt. »Unser Blues Brother live und in Farbe!«

Tim stößt ihn an. »Können Sie uns eine Kopie des Videoausschnittes machen?«, fragt er den Wachmann.

Sabine schwenkt freudestrahlend ein Blatt Papier, als sie ihnen im Flur entgegenkommt.

»Ich habe etwas für euch! Die Auswertung von Dr. Ulrichs Telefon!«, verkündet sie. »Die Telefonnummer ist zwar von einem Prepaid Handy, also keinem Namen zuzuordnen, aber die Karte wurde in Hamburg gekauft. Vielleicht hilft euch das ja weiter!«

Tim zieht die Augenbrauen hoch. »Puh, womit wir bei der berühmten Stecknadel im Heuhaufen wären. Wir fragen mal bei den Hamburger Kollegen nach dem schwarzen Mercedes. Vielleicht haben die ja nur wenige schwarze Mercedes-Limousinen mit einer 66 am Ende des Kennzeichens, haha.«

Ole seufzt. »Ja, ich lach' mich schlapp. Die halten uns für die letzten Provinz-Idioten mit dieser Frage, aber was soll's. Wenigstens eine kleine Chance, irgendwie weiter zu kommen.«

»Also gut. Sabine, fragst du in Hamburg an? Die sollen uns eine Liste mit allen in Frage kommenden Fahrzeugen rübermailen.«

»Wird sofort erledigt.«

Vielleicht komme ich dann mal nach Hamburg, denkt Tim. Das ist sein großer heimlicher Traum: In Hamburg Ermittler sein. Irgendwann geht dieser Traum bestimmt in Erfüllung, er muss nur fest genug daran glauben.

Heinz Niebuhr kommt mit hängenden Schultern herein.

»Na Chef, leben Sie noch?«, fragt Tim mitfühlend.

»Verhören Sie den Baudezernenten. Sofort!«, sagt Heinz Niebuhr nur. Und schon ist er wieder weg.

»Oha, das war wohl ziemlich schlimm. Bin mal gespannt, was morgen in der Zeitung steht«, bemerkt Ole.

»Ich nicht«, sagt Tim. »In großen schwarzen Buchstaben, rot unterstrichen, wird da stehen: Dorfdeppen vom Dienst klären Mord nie mehr auf! – Oder so ähnlich.« Dann schnappt er sich im Vorbeigehen seine Jacke. »Komm, wir fahren sofort ins Rathaus.«

Auf dem Parkplatz entdecken sie einen Porsche.

»Die müssen ja gut verdienen in der Politik«, mutmaßt Ole, steigt aus und folgt Tim ins Rathaus. Der Baudezernent ist sogar in seinem Büro.

»Guten Tag, Herr Mabunde. Kripo Neustadt. Mein Name ist Ole Petersen, das ist mein Kollege Tim Bronkau. Wir ermitteln im Mordfall Gandulf Ritter.«

Baudezernent Thomas Mabunde gibt sich gleichgültig. »Ritter? Sagt mir nichts.«

»Das kann nicht sein, denn Sie haben am Dienstagabend mit Herrn Ritter auf dessen Yacht gefeiert. Soviel wissen wir bereits«, erklärt Ole.

Thomas Mabunde erinnert sich plötzlich: »Ach diesen Ritter meinen sie. Ja, den kenne ich – na ja, wie man sich in Neustadt so kennt, nur flüchtig.«

»Flüchtig?« Tim ging das blasierte Getue auf die Nerven. »Und wie kam es dann dazu, dass Herr Ritter so dicht an der Steilküste bauen durfte? Wer hat denn den Bauantrag genehmigt?«

»Ich natürlich. Es gab auch keine Bedenken dagegen. Eine Bebauung so dicht an der Steilküste ist nach gutachterlicher Einschätzung ein kalkulierbares Eigenrisiko. Aber, wie gesagt: Von unserer Seite gab es deshalb keine Bedenken. Das Haus ist schön geworden, oder? Es schmückt die Küste. Der Bürgermeister war auch ganz begeistert und hat den Antrag zum Bau sofort unterschrieben.«

»Kommt es oft vor, dass ein Bau so problemlos genehmigt wird?«, fragt Tim.

»Warum denn nicht? In diesem Fall waren Vorplanung und die benötigten Unterlagen lückenlos. Ein Selbstgänger sozusagen«, beeilt sich Thomas Mabunde zu sagen.

»Kennen Sie diesen Mann?« Ole hält dem Baudezernenten einen Fotoabzug aus dem Überwachungsvideo unter die Nase – der Mann im schwarzen Anzug.

Mabunde zögert kurz und schüttelt dann den Kopf. »Nein, noch nie gesehen.« Er deutet dringliche Arbeit an und wendet sich wieder der Akte auf seinem Schreibtisch zu. »War es das jetzt? Ich muss weiterarbeiten.«

»Ja, Herr Mabunde. Wir melden uns dann wieder, sollten wir noch Fragen haben.«

Tim dreht sich noch einmal um. »Eines noch, Herr Mabunde, ist das Ihr Porsche, draußen auf dem Parkplatz?«

Herr Mabunde schaut weiter angestrengt auf seine Akte. »Der Porsche? Jaja, der gehört mir, wieso?«

»Rein privates Interesse«, lügt Tim.

Auf dem Parkplatz resümiert er: »Alles sehr glatt und problemlos, findest du nicht auch, Ole? Da ist doch was faul. Die Frage ist nur, was?«

Ole nickt: »Also, als Maggie und ich bauen wollten, da haben diese Affen es uns schwerer gemacht. Abstand zur Straße, Dachüberstand, Geschosshöhe – tausend Vorschriften, sag ich dir. Und der darf sich so einfach ein Schloss auf die Steilküste setzen. Da ist etwas oberfaul.«

»Bringst du mich nach Hause?«, fragt Ole, als sie ins Auto steigen. Bruno wartet schon sehnsüchtig.

»Ja, mein Dicker. Jetzt geht es endlich los.«

An Ole gewandt, fragt Tim: »Wie geht es denn Maggie?«

»Gut. Ihr Chef ist allerdings nicht so besonders begeistert. Du weißt ja, Maggie ist seine rechte Hand und jetzt muss er sich nach einer Vertretung umsehen. Aber das haben auch schon andere verkraftet. Er wird das schon schaffen.«

»Na dann viele Grüße an Maggie und bis morgen.«

»Na Tim, nichts Neues?« Frau Gründel hat es mal wieder erfasst, sie sieht es wohl Tims Gesicht an. Ein verflixter Fall!

Tim nimmt eine Schüssel mit dem frisch gekochten Futter entgegen. »Vielen Dank Frau Gründel. Sie sind echt ein Goldstück, wie immer. Morgen weiß ich mehr.«

Mann ist es hier aufgeräumt! So hatte seine Wohnung seit seinem Einzug noch nie geblitzt! Die Tiefkühlpizza landet im Ofen und Bruno macht sich über sein Diätfutter her.

Zweite Woche Dienstag

Am Morgen liegt der Bericht der Kollegen aus Hamburg bereits auf Tims Schreibtisch. Sieben eng bedruckte Seiten. Na super! Das bedeutet Arbeit satt. Die Nadel im Heuhaufen.

Er teilt die Listen auf. Drei Seiten behält er selbst, je zwei für Sabine und Ole. Alle Namen auf den Listen müssen überprüft werden. Passen Alter und Geschlecht zu ihrem Blues Brother?

»Von meiner Liste kommen sieben Personen in Frage. Bei Sabine sind es fünf«, sagt Ole zwei Stunden später bei einer Tasse Kaffee.

»Sieger!«, meint Tim mit einem Seufzer. »Auf meiner Liste fanden sich leider neun Personen.«

»Und jetzt?«, fragt Sabine.

»Jetzt geben wir die Namen wieder an die Kollegen in Hamburg und die klappern alle Personen ab.«

»Die werden sich freuen!«, sagt Sabine und legt die Listen ins Fax.

»Ich rufe noch mal bei Frau Ritter an und frage sie, ob sie etwas über die Baugenehmigung weiß. Wenn wir nicht bald etwas finden, müssen wir zumindest Jürgen Möller wieder laufen lassen.«

Tim will gerade wieder auflegen, als Frau Ritter sich doch noch meldet.

»Hallo Frau Ritter, hier ist Tim Bronkau von der Neustädter Polizei. Wie geht es ihnen?«

»Nicht besonders gut. Ich habe viel zu tun mit dem Haus. Ich will es verkaufen. Es gibt auch einige Probleme mit dem

Hausmakler, denn irgendetwas scheint wohl mit der Baugenehmigung nicht zu stimmen.«

Tim horcht auf: »Da nehmen Sie mir aber das Wort aus dem Munde. Ich wollte Sie gerade nach der Genehmigung fragen. Laut Herrn Mabunde lief alles völlig problemlos ab.«

»Herr Mabunde? Wer ist das?«, fragt Frau Ritter.

»Der Baudezernent in Neustadt. Er war auch auf der Party ihres Mannes.«

»Ach so, ja richtig. Ich werde ihn anrufen müssen. Ich brauche einige Unterlagen für den Makler.«

»Würden Sie mir diese Unterlagen auch zukommen lassen?«, bittet Tim.

»Ja natürlich, ich schicke Ihnen eine Kopie.«

Zwei Minuten später erhält Tim einen Anruf von Dr. Bär. »Tim, ich habe herausgefunden, um welches Gift es sich handelt!«, berichtet er aufgeregt.

Tim fährt hoch. Verdammt, er hatte total vergessen, ihm von ihrer Entdeckung im Labor des Ornithologenverbandes zu unterrichten! Das war gar nicht gut!

»Dr. Bär, trinken Sie eigentlich lieber Bier oder Wein? Essen Sie lieber griechisch oder italienisch?«

Der Gerichtsmediziner fühlt sich veräppelt: »Tim, lassen Sie die Scherze, was meinen Sie? Sind Sie an meiner Entdeckung nicht interessiert?«

»Doch schon, aber ...« Tim macht eine Pause. Wie soll er es Dr. Qual schonend beibringen? So etwas war ihm wirklich noch nie passiert. »Wir haben inzwischen schon selbst herausgefunden, um welches Gift es sich handelt. Nämlich Lamperoid. Und wir wissen auch, wo es entwendet wurde. Es tut mir leid, dass wir Sie nicht informiert haben. Lag wohl an den Ereignissen.«

Es entsteht eine recht lange Pause.

»Dr. Bär, sind Sie noch dran?«

Mit gepresster Stimme schimpft Dr. Bär ins Telefon: »Und wann, zum Teufel, wollten Sie mich darüber informieren? Ach Tim, wenn Sie nicht so ein genialer Ermittler wären ... Aber um auf Ihre Frage zurückzukommen, deren Hintergrund ich jetzt erfasse: Bier und griechisch. Morgen Abend! Dann können Sie mir noch genauer erzählen, was passiert ist. Ich muss jetzt zu einem Vortrag. Bis morgen.«

Er legt auf, ohne auf Tims Antwort zu warten.

»Ja, dann bis morgen«, sagt Tim in den Hörer und legt auf. Das kann ja ein gemütlicher Abend werden. Nur Horrorgeschichten aus der Pathologie! Da bleibt einem ja das Gyros im Hals stecken!

Ole verbirgt seine Schadenfreude in Mitgefühl: »Du Armer. Gut, dass ich da nicht hin muss. Aber warum haben wir es eigentlich versäumt, Dr. Qual zu informieren? Ist uns ja noch nie passiert.«

»Ich weiß es auch nicht. Aber eines weiß ich ganz sicher: Es wird nie wieder passieren. Wenn der Chef Wind davon bekommt, gibt es richtig Ärger. Mangelnder Teamgeist und so ... Gibt's schon eine Meldung aus Hamburg?«

»Zehn Personen wurden bisher überprüft. Auf einen der Männer könnte unsere Beschreibung passen. Die Kollegen beamen nachher ein Foto. Allerdings hat der Mann für die Zeit ein Alibi, aber das soll ja noch nichts heißen.«

Ole ist mit Maggie im Baumarkt und Tim erledigt noch Papierkram. Dann kommen die Ergebnisse aus Hamburg.

Der Mann auf dem Foto ist groß, hat dunkle Haare und ein unfreundliches Gesicht. Er könnte der Mann vom Überwachungsvideo sein – oder auch nicht.

»Sabine, was meinst du?«, fragt Tim, auf die weibliche Intuition bauend.

»Hm, schlecht zu sagen. Wir müssten sehen, wie er sich bewegt, um sicher zu sein.«

Tim hat eine Idee: »Kommst du mit nach Hamburg?«

»Aber erst morgen, oder? Jetzt ist es sowieso zu spät.«

»Okay, wir treffen uns um halb acht hier«, schlägt Tim vor.

Zu Hause schnappt Tim sich seine Regenjacke und geht mit Bruno hinaus, der empört schnauft und immer langsamer wird.

»Nun komm schon, Dicker, du musst abnehmen! Es hilft ja nichts.«

Bruno würde gleich wunderbar nach nassem Hund und altem Laub riechen. Herrlich!

Zweite Woche Mittwoch

»Mmm, lecker Kaffee! Danke. Was ist das?«, fragt Tim mit Blick auf den dicken Umschlag, den Sabine ihm hinhält.

»Die Unterlagen von Frau Ritter.«

»Oh, das ist gut. Die kannst du während der Fahrt schon mal durchsehen. Mach bitte noch eine Kopie für Ole; ich ruf ihn mal eben an.«

Tim telefoniert: »Hallo Ole, ich fahre jetzt mit Sabine nach Hamburg. Einer der überprüften Männer könnte unser Blues Brother sein. Den müssen wir uns mal näher anschauen! Ich lege einen Stapel Papiere auf deinen Tisch. Das sind die Bauunterlagen von Frau Ritter. Schau mal rein, ob da faule Stellen sind. Sabine durchforstet sie auch während der Fahrt. Wie war es gestern im Baumarkt?«

»Gut. Maggie wollte grün, ich blau, nun haben wir uns auf Gelb und Orange geeinigt.«

Tim nickt ins Telefon. »Ja, wird bestimmt prima. Ich melde mich nachher bei dir.«

»Landstraße oder Autobahn?«, fragt Tim.

»Mir ist es egal. Du bist der Fahrer. Ich muss ja lesen.« Sabine greift in gespielter Verzweiflung in den dicken Umschlag und zieht die Unterlagen zum Bauantrag hervor.

»Müssen wir nicht unterwegs mal anhalten wegen Bruno?« Sie schaut auf den Rücksitz. Bruno schnarcht leise.

»Ja, aber das können wir auch auf einem Rastplatz. Also Autobahn.«

Nach fast einer Stunde meldet sich Bruno. Ein zweckgebundener Spaziergang ist angesagt.

»Bring mir bitte mal die braunen Tüten, die im Handschuhfach liegen!«, ruft Tim Sabine zu.

Tim hebt Brunos Hinterlassenschaft auf und wirft die Tüte in einen Mülleimer.

»Das ist das Unschöne, wenn man einen Hund hat«

Sabine lacht. »Ja, ich habe gerade gedacht, dass es auch gut ist, keinen zu haben. – Soll ich die Adresse ins Navi eingeben?«

»Ist schon passiert. Schalt einfach das Navi ein, die Anschrift ist als erstes Ziel gespeichert.«

An Hamburgs Ostgrenze fahren sie auf die A24. »Am Ende der Autobahn im Kreisel die zweite Ausfahrt nehmen«, tönt die Computerstimme aus dem Navigationsgerät. Tim folgt den Anweisungen der Stimme, die sie westwärts quer durch Hamburg führt. Die Straßen sind gesäumt von hohen alten Häusern mit winzigen Balkonen, die ihre Bewohner mit Blumenkästen vollgestopft haben.

»Hier möchte ich nicht wohnen«, sagt Sabine. »Kein Grün, kein Meer. Ziemlich trist.«

Tim denkt völlig anders. In Hamburg zu ermitteln, im Großstadtdschungel, das wäre schon was!

»Sie haben die Zielstraße erreicht. Das Ziel liegt auf der rechten Straßenseite«, informiert das Navi. Tim parkt den Wagen in einer der wenigen Parklücken. Bruno bleibt im Auto und sie gehen zu Haus Nummer 12. Hier muss es sein. Sabine schaut auf die vielen Klingelschilder.

»Hier ist es: Cornelsen – Felix Cornelsen.«

Der Summer der Haustür wird betätigt. Altbau ohne Fahrstuhl. Im vierten Stock öffnet sich eine Tür.

»Guten Tag, Herr Cornelsen. Wir kommen vom Elektrizitätswerk«, stellt Tim sie vor.

Er und Sabine wollen sich nicht als Polizisten zu erkennen geben, um Herrn Cornelsen im Ungewissen zu lassen. Die Wohnung ist elegant und teuer eingerichtet, was weder zum Wohnhaus, noch zur Straße mit den Backstein-Mietshäusern aus der Nachkriegszeit passt.

»Dürfen wir einmal Ihren Sicherungskasten und den Stromzähler im Keller sehen?«

Tim hatte einfach vermutet, dass der Zähler im Keller ist. Damit liegt er richtig, denn Cornelsen nickt. Er trägt einen teuren Seiden-Morgenmantel. Dazu Hausschuhe aus weichem Leder. Seine Haare sind mit Gel zurückgekämmt – wie auf dem Video. Er führt Tim und Sabine in die Küche.

»Hier ist der Sicherungskasten«, sagt er grimmig und zeigt auf einen weißen Kasten hinter der Tür. Die Küche ist neu und edel ausgestattet. Tim öffnet die Tür des Sicherungskastens, tut so, als prüfe er etwas und macht sich Notizen in einem mitgebrachten Block.

»Vielen Dank Herr Cornelsen. Zeigen Sie uns doch jetzt bitte noch den Zähler im Keller«, sagt Sabine sehr freundlich und lächelt Cornelsen an.

Der grinst sogar ein wenig zurück. Sie scheint ihm zu gefallen. In einer Marmorschale auf der antiken Kommode im Flur liegt ein Autoschlüssel mit dem Mercedes-Stern als Anhänger. Im Keller tut Tim so, als vergliche er die Zählernummer mit einer Nummer auf dem Zettel.

»Ja, danke, alles in Ordnung, Herr Cornelsen. Die Überprüfung ist reine Routinesache. Wir kommen in zirka zwei Jahren wieder.«

Wieder draußen flüstert Sabine: »Ich bin absolut sicher, dass er es ist. Er geht auch genau so, wie der Mann auf dem Video. Kein Zweifel.«

Tim nickt. »Ja, finde ich auch. Aber er hat ein Alibi. Wir müssen abwarten.«

»Hast du schon was gefunden?«, fragt Tim und schaut auf den Stapel Unterlagen, den Sabine auf dem Schoß hat.

»Allerdings. Absoluter Geschwindigkeitsrekord in der Baubehörde. So schnell wird kein Bauantrag genehmigt; das kann gar nicht sein. Da ist nur so eine Art Keine-Einwände-Hinweis. Es gibt weder Umwelt- noch andere Gutachten. Ich glaube, so was ist doch sonst üblich, oder?«

»Ruf mal Ole an. Der hat eigene Erfahrungen damit. Mal sehen, ob er das auch so sieht.«

»Hallo ihr beiden, wie war es in der großen Stadt?«, begrüßt Ole Tim und Sabine über die Freisprechanlage.

»Schön!«, sagt Tim. Sabine schüttelt nur den Kopf.

»Was habt ihr herausgefunden?«

Sabine erzählt Ole von ihrer »Theatervorstellung im Hause Cornelsen«. Dann fragt sie: »Wie weit bist du mit dem Studium der Unterlagen von Frau Ritter?«

»Es gibt überhaupt keine Gutachten, obwohl Mabunde das sogar behauptet hat«, berichtet Ole. »Und das Datum von Antrag und Genehmigung sind so dicht beieinander, das kann einfach nicht angehen. Als Maggie und ich gebaut haben, mussten wir ein Umweltgutachten beibringen, das richtig teuer war. Deshalb fehlte uns dann das Geld, das Kinderzimmer gleich fertig zu machen. Wir haben uns übrigens eben noch für eine Tapetenbordüre in Blau und Orange entschieden. Schön, oder?«

Sabine sieht Tim fragend an.

»Sie richten gerade das Kinderzimmer ein«, tuschelt Tim ihr leise zu.

»Ja, genau das hat Sabine auch gesagt«, lässt Tim sich laut vernehmen. »Sehr gut, dann haben wir ja einen neuen Ansatzpunkt, um Mabunde noch einmal auf den Zahn zu fühlen. Und auch dem Bürgermeister – falls der Chef es erlaubt.«

»Ja, ich frage mal vorsichtig bei ihm an und gehe zu Mabunde. Gute Fahrt! Wo seid ihr denn jetzt?«

»Gleich am Kreuz. Noch gut eine Stunde, dann sind wir wieder da. Müssen nur eben kurz wegen Bruno anhalten. Bis später.«

Sabine lehnt sich im Sitz zurück und schaltet das Radio ein. Auf einmal ruckelt der alte BMW. Rauch steigt aus der Motorhaube auf.

»Oh, verdammt, lass mich nicht im Stich, alter Junge!«, bettelt Tim sein Vehikel an.

Sabine stöhnt auf. »Du weißt schon, dass ich heute den Saunaabend mit meinem Freund habe?«

Tim sieht sie verständnislos an. »Äh, nein, woher denn? Das ist mir jetzt auch echt egal. Mein Auto streikt!«

»Ich hoffe, du bist im ADAC!«

Tim fährt auf den Standstreifen, denn der BMW ruckelt immer stärker und die Wolke aus grauem Qualm wird größer und größer.

»Ja, bin ich«, sagt Tim nervös. »Ich ruf da gleich an.«

Tim schaltet den Motor ab, der ein letztes Röcheln von sich gibt. Bruno grunzt unglücklich.

»Ist ja gut, Dicker, den kriegt Jens bestimmt wieder flott. Wirst schon sehen.«

Die Zentrale des Pannendienstes teilt mit, dass es mindestens eine Stunde dauert, bis ein Abschleppwagen bei ihnen sein könnte.

»Toll, das wird eng mit dem Saunaabend«, mault Sabine.

Tim zieht die Schultern hoch. »Ist sowieso viel zu warm da drin. Jetzt sei nicht sauer, ich kann doch auch nichts dafür. Ich geb mein Goldstück regelmäßig zur Wartung und der TÜV ist erst ein halbes Jahr alt.«

Sabine lächelt schon wieder.

Währenddessen fährt Ole zum Rathaus.

Ohne dass Baudezernent Mabunde ihn hereingebeten hatte, öffnet er die Tür zu dessen Büro. Bürgermeister Wilfried Jensen steht neben Mabunde am Schreibtisch. Beide sind in eine Akte vertieft.

»Was fällt ihnen ein?«, ruft Mabunde erschrocken, als Ole in den Raum tritt. Eiskalte Augen funkeln ihn an.

»Klopfen Sie gefälligst an! Wer zum Teufel sind Sie überhaupt?«, will Jensen wissen.

»Ich bin Hauptkommissar Ole Petersen, Kripo Neustadt. Guten Tag, meine Herren.« Normalerweise verzichtet Ole auf die Nennung seines Dienstgrades, aber bei solchen Typen war coole Sachlichkeit nötig, auch wenn es sich bei dem einen »Typen« um den Bürgermeister seiner Heimatstadt handelte.

»Ich ermittle im Mordfall Gandulf Ritter und muss Ihnen noch einige Fragen stellen«, klärt Ole selbstbewusst seinen Besuchszweck.

Zum Glück hatte Heinz Niebuhr der Befragung des Bürgermeisters zugestimmt, nachdem Ole ihn nach zwanzig Minuten Diskussion überzeugt hatte. Ein Glücksfall, dass er die beiden gleich zusammen antrifft! Lässig klatscht er die Akte mit den kopierten Bauunterlagen des Ritter-Schlosses auf Mabundes Schreibtisch.

»Wie kann es sein, dass das Haus von Herrn Ritter ohne ein einziges Gutachten gebaut werden konnte? Außerdem ging das ganze Verfahren verdammt schnell. Warum müssen normale Bürger ein halbes Jahr auf die Genehmigung warten, Gandulf Ritter aber nur knapp vier Wochen? Erklären Sie mir das bitte, meine Herren!«

»Sie vergreifen sich im Ton, Herr Petersen. Sie haben doch gar keine Ahnung von Vorschriften für Baugenehmigungen, Sie kleines Licht«, funkelt Mabunde Ole an.

»Und das geht Sie auch überhaupt nichts an. Lassen Sie Ihre Finger davon. Das ist eine Nummer zu groß für Sie!«, droht Wilfried Jensen. »Gehen Sie jetzt lieber, bevor ich mein Hausrecht anwende.«

»Sie können mir nicht drohen! Ich komme mit einem Durchsuchungsbeschluss wieder, darauf können Sie sich verlassen!«

Ole schnappt sich die Akte und stürmt aus der Tür, nicht ohne noch zu registrieren, dass ein antiker Stadtplan von Hamburg an der Wand in Mabundes Büro hängt.

Gleich darauf ruft Ole bei Tim an: »Du glaubst nicht, was gerade passiert ist! Mabunde und Jensen haben mir kein Wort gesagt, und mir sogar gedroht, die Finger von der Sache zu lassen. Aber die können mich nicht einschüchtern. Ich bin fast ein bisschen zu forsch geworden. Politiker, dass ich nicht lache! – Seid ihr schon wieder da?«

»Nicht so ganz«, sagt Tim entschuldigend.

»Was soll das heißen?« Ole ist noch immer aufgebracht von dem Gespräch im Rathaus.

»Wir sind liegen geblieben. Der ADAC kommt gleich, hoffe ich jedenfalls. Dann schleppt er uns erstmal zu Jens. Der muss den Wagen wieder flott kriegen.«

»Ach du Schande!«, meckert Ole. »Solltest dich endlich von der alten Kiste trennen, Tim.«

»Das musst du gerade sagen!«

»Ein neues Auto ist einfach zuverlässiger.«

Tim wehrt ab: »Komm, komm, der alte 02er hat mich noch nie im Stich gelassen. Jedenfalls nicht komplett, so wie jetzt.«

»Ich drücke euch die Daumen, dass der Abschleppwagen gleich kommt. Ich gehe zum Chef und bettele nach einem Durchsuchungsbefehl.« Er macht ein angewidertes Geräusch. »Bis nachher!«

»Richtest du Dr. Bär von mir aus, dass ich ihn anrufe wegen unseres Essens heute Abend?«

Ole lacht auf. »Traust dich wohl nicht, was?«, frotzelt er. »Für meinen baldigen Schwager mache ich doch alles!«

Sabine sieht Tim ahnend an. »Schwager? Ach so, ich verstehe, Oles Schwester! Glückwunsch Tim.«

Es dauert doch noch eine halbe Stunde, bis der Abschleppwagen kommt. Er bringt den alten BMW in die kleine Werkstatt nach Brodau, nachdem sie vorher Sabine zu Hause absetzten.

Hungrig quetscht Tim sich hinters Lenkrad von Frau Gründels Auto, das sie ihm hilfreich überließ. Bei dem Gedanken an das Essen mit Dr. Qual wird ihm allerdings schon wieder flau im Magen.

Es geschieht, wie er es geahnt hatte: Sie sitzen an einem gemütlichen Tisch in dem kleinen griechischen Restaurant am Hafen. Nach zwei Stunden gruseligster Geschichten von wohl allen Leichenuntersuchungen der letzten drei Jahre konnte Tim endlich nach Hause. Böse Träume aus der Horror-Extraklasse sind ihm gewiss!

Zweite Woche Donnerstag

»Wie war es gestern Abend?«, will Ole wissen.

»Also mit deiner Schwester war es entschieden schöner«, lacht Tim.

Ole grinst. »Das kann ich mir nur allzu gut vorstellen. Weißt du jetzt alles über Knochensägen und Mageninhalte?«

»So ziemlich.« Tim schüttelt sich noch immer bei dem Gedanken an die detailreich ausgeführten Berichte von Dr. Qual. »Wie er einen Zuhörer damit quält, merkt er gar nicht. Das ist wohl der Grund für seinen Spitznamen, oder?«

»Keine Ahnung«, sagt Ole. »Der hieß schon immer so. – Was ist denn heute dein Programm im Mordfall Ritter?«

»Ich will heute noch mal Dr. Ulrich befragen, bevor wir ihn aus der Untersuchungshaft entlassen müssen«, sagt Tim. »Was hast du auf dem Zettel?«

»Ich fahre ins Rathaus. Einen Durchsuchungsbefehl gibt's allerdings nicht; der Staatsanwalt ist vier Tage auf einer Konferenz, und besondere Eile scheint Niebuhr nicht geboten. Aber vielleicht bekomme ich auch so etwas aus den beiden heraus. Was ist denn mit Jürgen Möller?«

»Den müssen wir wohl oder übel laufen lassen. Allerdings darf er die Stadt nicht verlassen, und muss sich jeden Tag bei uns melden.«

Auf dem Weg zu den Zellen nickt Tim dem wachhabenden Beamten freundlich zu. Jürgen Möller wird ins Verhörzimmer geführt. Tim teilt ihm mit, dass er gehen darf, sich aber täglich auf der Revierwache melden muss. Möller ist erleichtert und mit gebeugtem Rücken sagt er: »Vielen

Dank, Herr Kommissar, ich halte es hier auch nicht länger aus. Ich habe mit der Sache wirklich nichts zu tun. Ich kann mir nicht vorstellen, wer mir das Gift untergeschoben hat.«

Tim reicht ihm die Hand. »Ja, das wissen wir ja bereits, Herr Möller. Wir kommen bei Bedarf auf Sie zurück.«

Jetzt ist der Ornithologe gar nicht mehr so angriffslustig wie bei der Befragung in seiner Wohnung. Die zwei Tage und Nächte in der Zelle haben ihm ganz schön zugesetzt.

Während Möller geht, wird Dr. Ulrich in den Verhörraum geführt. »Mein Anwalt kommt in zehn Minuten. Vorher sage ich kein Wort«, sagt er.

»Ist gut, Herr Dr. Ulrich, müssen Sie auch nicht.«

Wenig später erscheint Dr. Ulrichs Anwalt: »Guten Tag, Herr Bronkau, nehme ich an?«, wendet er sich an Tim. Der verschafft sich schnell einen ersten Eindruck: Ein echter Lackaffe, dieser Rechtsverdreher. Mit manikürten Händen und einem Schlangenleder-Aktenkoffer. Tim hasst diese Advokaten-Sorte.

Tim nickt einen Gruß. »Ja, Tim Bronkau, und mit wem habe ich denn das Vergnügen?«

»Mein Name ist Dr. Wolfhard von Ehrenberg. Ich bin der Anwalt von Herrn Dr. Ulrich.«

Ach du Schreck, denkt Tim, auch noch ein Graf oder was? Das waren die Schlimmsten, hatte Tim gehört. Und das sollte kein Gerücht bleiben, wie sich herausstellte.

»Ich verlange, dass sie meinen Mandanten aus der Untersuchungshaft entlassen – und zwar schleunigst!«, befiehlt Wolfhard von Ehrenberg so forsch, dass er meint, sogar ohne Begründung auszukommen.

»Ich fürchte, das wird so schnell nicht möglich sein, Herr Dr. von Ehrenberg. Ihr Mandant ist Verdächtiger in einem

Mordfall und deswegen bleibt er bis auf Weiteres unser Gast. Ich habe außerdem noch einige Fragen an Herrn Dr. Ulrich.«

An Dr. Ulrich gewandt fragt Tim: »Herr Dr. Ulrich, haben Sie irgendwelche persönlichen Verbindungen nach Hamburg?«

»Hamburg, wie kommen Sie darauf?«, fällt ihm der Anwalt ins Wort. »Ich möchte mich erst mit meinem Mandanten beraten. Unter vier Augen.«

Tim verlässt das Zimmer und lehnt sich mit dem Rücken gegen die Tür. Er atmet tief durch. Das kann ja heiter werden! Hoffentlich kommt Ole in der Sache besser weiter. – Dann denkt Tim an Yessica und entspannt sich ein wenig. Er muss sie unbedingt bald wiedersehen. Heute nach Feierabend will er sie anrufen.

Dr. von Ehrenberg klopft an die Tür, die Unterredung mit seinem Mandanten ist beendet. Tim geht zurück ins Verhörzimmer und wiederholt seine Frage: »Also, Herr Dr. Ulrich, haben Sie Verbindungen nach Hamburg?«

»Würden Sie bitte schildern, warum Sie diese Frage stellen? Mein Mandant könnte sonst für ihn ungünstige Angaben machen.«

Tim rollt mit den Augen. »Wir sind im Zuge unserer Ermittlungen auf eine Verbindung nach Hamburg gestoßen und deshalb frage ich.«

»Mein Mandant hat eine Cousine in Hamburg und wurde in Hamburg geboren. Wegen seines Berufs ist er dann nach Kiel gezogen. Reicht das? Weitere Fragen wird mein Mandant nicht beantworten.«

»Hat Ihre Cousine einen Ehemann?«, fragt Tim schnell. Er setzt auf den Überrumpelungseffekt.

Dr. Ulrich nickt.

Der Anwalt ergreift dessen Arm. »Sie sagen jetzt nichts mehr!«

Dr. Ulrich sieht ihn verblüfft an. »Was soll der Mann meiner Cousine damit zu tun haben? Das ist doch Blödsinn. Ich habe mich kaufen lassen, das ist schlimm genug. Aber ziehen Sie nicht meine Cousine mit hinein.«

»Wie dem auch sei«, erwidert Tim, »Sie bleiben auf jeden Fall in Untersuchungshaft.«

»Ich werde einen Antrag auf Freilassung stellen!«, kündigt Dr. von Ehrenberg an.

»Tun Sie das«, sagt Tim und verlässt den Verhörraum.

»Und – wie war es?«, fragt Ole, als Tim zurück ins Büro kommt.

Tim schüttelt den Kopf: »Nicht besonders erfolgreich. Als Ulrichs eingebildeter Anwalt auftauchte, war großes Schweigen. Er hat zugegeben, dass er eine Cousine in Hamburg hat – das war's. Ob das eine heiße Spur ist? Deren Mann könnte in Frage kommen. Ist nur so ein Gedanke. Und wie lief es bei dir?«

Ole berichtet, dass Mabunde und der Bürgermeister sehr aufgebracht waren und ihm erneut »Konsequenzen« angedroht haben. Tim ist beunruhigt.

»Wusstest du, dass Herr Mabunde einen antiken Hamburger Stadtplan im Büro hängen hat?«, fragt Ole.

Tim schüttelte den Kopf. »Ist der neu? Ist mir bei meinem Besuch nicht aufgefallen. Hast du ihn drauf angesprochen?«

»Nein, aber ich werde morgen weiterforschen. Jetzt muss ich los, Gardinenstoff aussuchen. Die Zeit läuft uns ja davon.«

Das ist ja nun maßlos übertrieben! Das Baby kommt schließlich erst in gut drei Monaten.

»Alles klar Ole. Dann beeilt euch mal! Nimmst du mich mit? Aber gib mir fünf Minuten. Jetzt will ich den Chef mal fragen, ob er es mit dem Durchsuchungsbefehl für Mabundes Büro beschleunigen kann.«

Ole lacht gekünstelt. »Das glaubst du doch wohl selbst nicht. Niebuhr ist insgeheim froh, dass der Staatsanwalt auf diesem Kongress ist. Das ist doch kein echter Grund, sondern nur eine Ausrede.«

Ole hatte recht. Tim kam unverrichteter Dinge zurück.

»Bis morgen. Dein Auto wird schon wieder!«, tröstet Ole.

»Ja, danke, Ole. Bis morgen«, verabschiedet sich Tim.

Bruno, der im Fußraum gesessen hatte, rafft sich auf und folgt Tim freudig schnaufend, als ob er jetzt schon die Futterschale riecht, die vor der Wohnungstür steht. Kaum sind sie drin, da klingelt das Telefon. Es ist Yessica!

»Yessica, guten Abend!«, ruft Tim aufgeregt.

»Guten Abend Tim, wie geht es dir? Ich wollte fragen, ob ich zu dir kommen darf. Ich habe eine leckere Flasche Wein.«

Tim freut sich riesig. »Ja, sehr gern. Bis gleich?«

Er checkt die Wohnung – zum Glück sieht es noch aufgeräumt aus. Nur ein Paar schmutzige Socken muss er noch in die Waschmaschine stopfen und in der Küche zwei Weingläser abwaschen, die etwas verstaubt im Schrank stehen. Er kramt eine Kerze aus der Kommoden-Schublade hervor. Ein bisschen Romantik kann nicht schaden, und das sanfte Licht wird die unausgepackten Umzugskartons fast unsichtbar machen. Schnell noch gelüftet – da hört er schon Yessicas Schritte auf der Treppe.

»Hallo Tim.«

»Hallo Yessica, komm 'rein!«

Tim hängt Yessicas Jacke an einen der Nägel, die ihm als Garderobenhaken dienen. »Ist noch etwas provisorisch hier, bin ja erst vor Kurzem eingezogen.«

Yessica übersieht das. »Eine hübsche Wohnung hast du«, sagt sie und stellt die Weinflasche auf den Couchtisch, wo die Gläser bereits im Kerzenschein funkeln.

»Wohnung mit Service, echte Glücksache«, sagt Tim. »Frau Gründel, meine Vermieterin, ist super. Sie kümmert sich ab und zu um Bruno und kocht ihm das Futter, das du ihm verschrieben hast.«

»Das ist ja wirklich nett!«

»Ja, stimmt. Es ist nur alles eben noch ein bisschen provisorisch hier. Ich komme einfach nicht dazu. Ich habe auch nicht so das glückliche Händchen für Inneneinrichtung, ehrlich gesagt«, gibt Tim zu.

Das bringt Yessica auf eine Idee: »Hättest du Lust, nächstes Wochenende ins Möbelhaus zu fahren und vielleicht ein Regal oder einen Schrank zu besorgen? Und ich helfe dir dann beim Auspacken der Kartons.«

Tim lächelt erfreut: »Echt? Das wäre wirklich toll, danke!«

Dann entkorkt er die Weinflasche, schenkt ein und holt tief Luft, um genug Mut zu fassen: »Ich meine«, sagt er dann mit fester Stimme, »dass wir Du zueinander sagen, können wir jetzt etwas besser besiegeln.«

»Oh, du kannst ja richtig altmodisch sein«, flüstert Yessica begeistert, breitet die Arme aus und schließt erwartungsvoll die Augen.

Tim braucht den Mut nun gar nicht mehr, in diesem Fall geht alles wie von selbst ...

Zweite Woche Freitag

Am Morgen im Büro gehen Tim und Ole noch einmal alle Fakten durch, kommen aber wieder zu keinem Ergebnis. Sabine hat erneut die Kollegen in Hamburg um Hilfe gebeten, um den Mann der Cousine von Dr. Ulrich aufzusuchen. Heinz Niebuhr kommt genervt ins Büro.

»Herr Bronkau, Herr Petersen, Sie wissen: Die Presse will Ergebnisse – Fakten, Fakten, Fakten! Wie sieht es aus? Nur ein Verdächtiger, den wir wieder entlassen mussten? Leute, ich brauche etwas! Geben Sie Gas! Und wirbeln Sie nicht unnötig viel Staub in der Neustädter Politik auf. Nächstes Jahr ist Bürgermeister-Wahl – der Opposition ist doch nichts heilig.« Damit verschwindet er wieder.

»Naja, Hauptsache, die Presse-Heinis schreiben nicht so einen Schwachsinn wie letztes Mal«, sagt Ole trocken. »Aber Täterschutz läuft auch nicht.«

Tim nickt und grübelt sich wieder in die Aktenlage. Aber bis Mittag bleibt alles wie gehabt: Keine neuen Erkenntnisse.

»Falls du noch mal zu Mabunde fährst«, frotzelt Tim, »nimm ein Staubtuch mit, falls du doch etwas aufwirbelst!«

Ole lacht: »Ja, mach ich. Ich muss unbedingt herausfinden, wie seine Verbindung nach Hamburg ist. Was machst du?«

»Ich frage mal die Hamburger Kollegen, was die über den Mann von Dr. Ulrichs Cousine herausgefunden haben. Vielleicht haben die ja auch Infos zu Mabunde. Mal schauen.«

»Ja, ist gut«, sagt Ole und wechselt das Thema: »Wie war es eigentlich gestern mit meiner Schwester?«

»Du weißt schon wieder alles, oder?«, seufzt Tim.

Ole grinst: »Naja, fast, würde ich sagen. Denk dran, als Schwager wärst du mir nicht so recht. Meine Schwester soll einen vernünftigen Mann abbekommen. Nicht so einen Chaoten wie dich!«

Tim rächt sich: »Aha, gut, dass du das bestimmen kannst. Wie war das noch bei den Vorhängen? Welche Farbe?«

»Hellblau, passend zu der Tapetenbordüre. Die ist mit kleinen Teddys drauf. Süß, oder?«

Tim verdreht die Augen. »Ja, sehr süß. Bin gespannt, wie es fertig aussieht. Yessica hilft mir übrigens mit der Wohnung. Wetten, dass sie einen besseren Geschmack hat als du!«

»Hehe, Maggie hat alles ausgesucht. Ich habe mich nur einverstanden erklärt.«

»Eben, deswegen ja!«, sagt Tim und duckt sich, denn Ole geht scherzhaft in Boxstellung.

»Bis später!«, ruft Ole und verlässt den Ring, der ja doch nur ein nüchternes Kripo-Büro ist.

Tim telefoniert mit den Hamburger Kollegen. Sabine sucht alles zusammen, was sie per Computer über Mabunde erfahren kann. Kaum mehr als seine berufliche Laufbahn im Neustädter Rathaus. Das bringt sie nicht weiter. Es geht schon auf Feierabend zu, als Tim versucht, Ole zu erreichen. Es meldet sich nur die Mailbox. Merkwürdig, Ole stellt sein Handy nie aus. Hoffentlich ist mit Maggie und dem Baby alles in Ordnung!

Er muss unbedingt noch einkaufen. Wenn Yessica am Wochenende zu ihm kommt, muss etwas im Kühlschrank sein. Er kauft eine Flasche Wein, Käse und Brot, Cracker und frisches Obst. Dann geht er noch mit Bruno zum Tierfutterladen.

»Ganz schön teuer, das Zeug, Bruno. Du isst ja wie ein König!« Bruno bestätigt es mit einem leisen »Wuff!« und leckt sich über die Nase.

Mit einem Taxi geht es zur Werkstatt.

»He, Tim, dein oller BMW ist technisch wieder tipptopp«, begrüßt Jens die beiden. »Aber für deine dauernden Kurzstrecken ist er einfach nicht gemacht – solltest dich mal nach einem anderen Auto umsehen. Meine Tante hat eine alte Scheune, in der sie Stellplätze vermietet. Da könntest du den Oldie schonend unterbringen, dann lebt er etwas länger. Und wenn du willst, hätte ich auch ein günstiges Auto für dich an der Hand.«

»Was schlägst du vor?« Tim ist nicht gerade in Kauflaune.

»Ein Golf wäre für deine Zwecke ausreichend. Der verbraucht weniger Benzin und kostet auch weniger Steuern.«

Ein Golf? Wie langweilig!

Jens deutet Tims Gesichtsausdruck richtig. »Bist du nicht besonders begeistert, was? Kann ich mir vorstellen. Überleg es dir. Vielleicht finden wir ja noch etwas anderes. Und dein 02er bleibt dir ja auch noch. Die Scheune meiner Tante ist echt trocken und sie macht dir bestimmt einen Sonderpreis, wenn du sie von mir grüßt.«

»Ja, ist gut, vielen Dank Jens. Und was ist dein Sonderpreis?«

»300 Euro. Ich habe den Kühler erneuert. Der hatte ein Loch. Jetzt kannst du erst mal wieder Gas geben.«

Zu Hause probiert Tim erneut, Ole zu erreichen. Wieder nur die Mailbox. Er verstaut seine Einkäufe, grübelt über das Wochenende nach stellt sich vor, welche Möbel in die Wohnung passen könnten. Ein Nachttisch musste unbedingt her. Ein Umzugskarton ist schließlich kein Ersatz dafür. Er wollte gerade mal nachschauen, was da eigentlich drin ist, als sein Festnetztelefon klingelt. Es ist Maggie.

»Weißt du, wo Ole ist?«, fragt sie außer Atem.

Tim zuckt zusammen. Ist Ole im Rathaus etwas passiert?

Maggie will er nicht beunruhigen, bleibt ganz neutral: »Nein, Maggie ich weiß nicht, wo er ist. Er ist ins Rathaus zu diesem Baudezernenten gefahren. Er kommt bestimmt gleich.«

Maggie überzeugt das nicht: »Sein Handy ist ausgeschaltet. Das macht er sonst nie. Ich finde das komisch. Kannst du ihn suchen?«

Tims Herz klopft. »Ja, Maggie, natürlich. Ich mache mich auf den Weg. Bleib in Telefonnähe. Ich rufe dich an, wenn ich etwas weiß.« Polizistenfrauen brauchen eine Extraportion Nerven, stellt Tim fest, besonders, wenn sie schwanger sind.

Er scheucht Bruno aus seinem gemütlichen Körbchen. Der grunzt beleidigt, folgt Tim aber zur Tür hinaus.

Inzwischen ist es acht Uhr und im Rathaus ist alles dunkel. Niemand arbeitet mehr. Er fragt den Hausmeister, der noch in seinem kleinen Häuschen herumwuselt, ob Thomas Mabunde oder Bürgermeister Jensen noch anwesend sind.

»Ja«, sagt der Hausmeister. »Sie hatten Besuch und Herr Mabunde ist mit dem Besuch, dem Bürgermeister und noch einem Mann zu einem schwarzen Mercedes am Ende des Parkplatzes gegangen. Ich glaube, der war betrunken, der Besuch meine ich. Torkelte ganz schön.«

Tim läuft es kalt den Rücken hinunter. »Trug er eine braune Lederjacke?«

»Jaja, und eine blaue Jeans.«

Es war Ole, kein Zweifel! Wo hatten diese Typen ihn hingebracht?

»Die sind so vor ungefähr eineinhalb Stunden weggefahren«, fügte der Hausmeister mit Blick auf seine Armbanduhr hinzu. »Ja, das kommt hin.«

»Haben Sie das Kennzeichen des Mercedes erkannt?«

Der Hausmeister schüttelt den Kopf. »Nee, darauf hab ich nicht geachtet. War auch zu dunkel und, wie gesagt, das Auto stand ganz am anderen Ende des Parkplatzes.«

»Scheiße!«, rutscht es Tim heraus.

Das sieht doch verdächtig aus: Ole war betäubt oder bewusstlos. Weshalb torkelte er sonst? Verdammt, die haben ihn entführt, davon ist Tim überzeugt.

Er grübelt: Was mache ich jetzt? Und wie soll ich das Maggie beibringen?

Erst mal zurück auf die Wache und den Chef benachrichtigen. Sie müssen Ole so schnell wie möglich finden!

Heinz Niebuhr ist nicht zu erreichen.

»Auch nur die Mailbox, Mist!«, murmelt Tim. »Verflucht, was ist denn heute los?«

Er versucht es bei Sabine. »Tim, was gibt es?«

»Ole ist entführt worden. Du musst sofort kommen. Ich erreiche den Chef nicht. Weißt du, wo er ist?«

»Was, Ole ist entführt? Von wem denn?«

»Von Mabunde und Jensen. Und wahrscheinlich ist unser Blues Brother dabei. Jedenfalls sind die mit einem schwarzen Mercedes weggefahren. Wo ist denn nun der Chef?«

»Im Theater – mit Frau und Tochter. Die Vorstellung geht bis halb elf. Vorher wirst du ihn kaum erreichen, es sei denn, ich fahre hin und hole ihn raus.«

Tim überlegt kurz. »Ja, mach das bitte. Wir brauchen ihn hier unbedingt.«

»Bin schon unterwegs!«

Jetzt hat er die schwierigste Aufgabe vor sich: Er muss Maggie anrufen. Langsam wählt er ihre Nummer.

»Ja, Tim?«, ruft Maggie aufgeregt ins Telefon.

»Maggie reg' dich bitte nicht auf. Vielleicht stimmt es nicht – aber ich glaube, dass Ole entführt wurde.«

Es ist für einige Sekunden still am anderen Ende.

»Maggie bist du noch dran?«, fragt Tim leise.

»Ja, ich bin dran, Tim. Entführt? Von wem denn? Von den Rathaus-Typen? Was wollen die von ihm, Tim?«

Tim schluckt hörbar. »Ich weiß es nicht, Maggie. Ist erstmal nur so ein Verdacht. Aber ich finde Ole, ich verspreche es. Kannst du Yessica fragen, ob sie sich um dich kümmert?«

»Sie ist schon hier Tim, willst du sie sprechen? Ich muss mich erst mal setzen.«

»Ja, Maggie, beruhige dich bitte. Ich tue mein Bestes!«

»Ich weiß Tim, danke«, haucht Maggie ins Telefon und reicht den Hörer an Yessica weiter.

»Hallo Tim. Du musst Ole finden, bitte.«

»Yessica, ich versuche alles, glaub' mir. Kümmere dich bitte um Maggie. Ich mache mir Sorgen um sie.«

Yessica schluckt ebenfalls. »Ja Tim. Ich bleibe bei ihr. Aber ich muss morgen früh in die Praxis. Ich habe zwei OPs.«

»Ist gut. Ich hoffe, wir spüren ihn bis dahin auf. Bis bald. Ich melde mich, wenn es etwas Neues gibt«

»Ja, okay Tim. Ich drück' dir die Daumen!«

Tim stützt den Kopf in die Hände. Wie soll er Ole finden? Er hat null Anhaltspunkte. Nichts, gar nichts, nada, nothing. Scheiße! Was für einen Dreck haben diese Typen am Stecken? Unwillkürlich muss Tim doch lächeln. Er hört sich schon fast an wie Ole.

Sein Herz klopft wie wild. Auf keinen Fall darf Ole etwas passieren!

***

Ole dämmert vor sich hin. Sein Kopf dröhnt. Seine Zunge fühlt sich an wie Schmirgelpapier und liegt dick in seinem Mund. Er kann kaum schlucken.

Wo zum Teufel bin ich?

Er hört ein ständiges helles Brummen oder Summen und es ist stockdunkel um ihn herum. Seine Hände sind gefesselt. Er liegt auf einem kratzigen Stoff.

Was ist passiert? Wo bin ich und wie bin ich hierher gekommen?

Er fällt in einen unruhigen Schlaf. Als er wieder wach wird, ist das Geräusch immer noch da. Langsam erinnert er sich, was geschehen ist: Er war im Neustädter Rathaus und wollte Thomas Mabunde noch einmal auf seine Verbindung nach Hamburg ansprechen. Er hatte ihn außerdem ziemlich eindringlich zur Baugenehmigung von Gandulf Ritter befragt. Mabunde hatte kurz telefoniert und ihn gebeten, in einer Stunde wiederzukommen, dann habe er angeblich alle Informationen, die Ole brauche. Ole wunderte sich zwar über die plötzliche Kehrtwende, glaubte Mabunde jedoch. Er fuhr zu einem Spielzeugladen in der Nähe und kaufte ein Mobile, das er über das Bett von Cornelius hängen wollte. Maggie würde es bestimmt gefallen. Es war blau mit kleinen Bienen daran und spielte eine leise Melodie. Ole hatte das Mobile im Kofferraum des Autos verstaut und war wieder ins Rathaus gefahren. Als er in Mabundes Büro zurückkehrte und die Tür öffnete, trat von hinten jemand an ihn heran und drückte ihm einen Lappen aufs Gesicht. Chloroform!

Deshalb dröhnt sein Schädel so!

Plötzlich klappert ein Schlüsselbund. Die Tür öffnet sich und ein heller Lichtschein fällt in den Raum. Ole ist so geblendet, dass er kaum etwas erkennt. Jemand kommt herein und stellt ein Tablett vor ihn auf den Boden. Ole will rufen, aber seine Zunge gehorcht ihm nicht. Der Mann – soviel kann er ausmachen – geht hinaus und Ole ist wieder allein. Langsam gewöhnen sich seine Augen an die Dunkelheit und er erkennt ein Glas mit einer durchsichtigen Flüssigkeit, in dem ein Strohhalm steckt, außerdem ein Teller mit einer unappetitlich braunen Soße darauf. Er robbt auf das Tablett zu, so gut es mit den Fesseln geht. Er trinkt gierig. Seine Zunge fühlt sich etwas besser an, aber er wird wieder müde und fällt benommen zur Seite. Maggies Bild mit dem runden Babybauch taucht kurz vor seinem inneren Auge auf, bevor er ohnmächtig wird.

***

Tim sitzt immer noch wie betäubt am Schreibtisch. Er muss etwas unternehmen! Aber was? Er ist wie gelähmt. Ole darf einfach nichts passieren! Das würde er sich nie verzeihen! Sabine und Heinz Niebuhr kommen zur Tür herein. Der Chef trägt noch seinen Smoking. Die Fliege sitzt allerdings schief. Sabine trägt einen Jogginganzug.

»Tim, verdammt, wie konnte das passieren? Wir müssen eine Sonderkommission einrichten! Rufen Sie alle verfügbaren Kräfte zusammen, Sabine, sofort!«

Sabine nickt und eilt an ihren Schreibtisch.

Niebuhr kommt in Fahrt: »Tim, wir richten im Besprechungsraum ein Sonderbüro ein. Kümmern Sie sich um die Technik. Die Soko S-Klasse muss in zwei Stunden einsatzbereit sein.«

Martin kommt sofort und hilft Tim, die Tische umzustellen, sodass ein großes U entsteht und die Leinwand an der Stirnseite des Raumes von jedem Platz aus zu sehen ist. Martins Kollege Jürgen erscheint und schiebt einen Wagen mit mehreren Bildschirmen und einem Beamer vor sich her. Er baut die Computer auf und schließt die Leitungen an.

Tim legt eine Mappe mit den gesammelten bisherigen Ermittlungsergebnissen, die Sabine für alle Teilnehmer der Soko kopiert hatte, auf jeden Platz.

Hauptkommissar Heinz Niebuhr erklärt die Hintergründe: »Der Hausmeister des Rathauses hat beobachtet, wie drei Männer Ole Petersen offenbar entführten. Bei den Männern handelt es sich seiner Aussage zufolge um Baudezernent Thomas Mabunde und Bürgermeister Jensen. Der dritte Mann ist mutmaßlich der Unbekannte aus dem Überwachungsvideo vom Yachthafen. Die Tatzeit ist ca. halb sieben. Leider konnte der Hausmeister das Kennzeichen des Mercedes nicht erkennen. Es ist möglich, dass es sich um den S-Klasse-Wagen aus den aktuellen Ermittlungen im Mordfall Ritter handelt. Ole Petersen ermittelt gemeinsam mit Tim Bronkau und Sabine Schneider in diesem Fall.«

Heinz Niebuhr nickt Tim und Sabine zu. »Wir wissen nur, dass der Mercedes bereits auf dem Überwachungsvideo einer Kamera am Grömitzer Yachthafen zu sehen war. Die letzten beiden Ziffern des Kennzeichens lauten 66. Außerdem führt die Spur nach Hamburg. Die Hamburger Kollegen haben alle infrage kommenden Besitzer dieses Fahrzeugtyps überprüft. Auf einen passte die Beschreibung des Fahrers, der ebenfalls auf dem Video zu sehen ist. Herr Bronkau und Frau Schneider konnten dies nach einem Besuch bei Felix Cornelsen bestätigen. Allerdings hat er für die fragliche Zeit ein Alibi, was aber unbestätigt ist. Sie finden alles in Ihrem Dossier. Wir müssen Felix Cornelsen also noch einmal überprüfen. Tim, Sabine, das übernehmen Sie. Nehmen Sie ihre schusssicheren Westen mit. Wir haben es offenbar mit Schwerverbrechern zu tun!«

Tim und Sabine gehen ins Büro zurück. Heinz Niebuhr weist die anderen Kollegen weiter in den Fall ein und projiziert dazu einige Fotos aus den Ermittlungsakten auf die Leinwand.

»Ich hole uns die Westen«, sagt Sabine. »Ruf du noch mal bei Maggie an.«

»Ja, gute Idee.« Tim wählt Maggies Nummer.

Yessica nimmt ab. »Maggie hat sich gerade hingelegt. Gibt es Neuigkeiten, Tim?«

»Leider noch nicht, ich fahre jetzt mit Sabine nach Hamburg. Hoffentlich finden wir dort etwas.«

»Seid bloß vorsichtig!«

»Ja, sind wir, Yessica, mach' dir keine Sorgen.«

»Mach' ich aber, pass auf dich auf!«

Sabine kommt mit den Westen. Sie prüfen ihre Waffen und gehen zum Auto. Diesmal nehmen sie einen Wagen aus dem polizeilichen Fuhrpark, eine zivile Tarnung ist nicht mehr nötig. Tim ist erleichtert, obwohl er sicher ist, dass sein BMW es nach der Reparatur durch Jens ebenso tut.

Die Autobahn ist fast leer, sie schaffen die Strecke in knapp einer Stunde. Sie halten vor dem Haus in Altona und klingeln wieder bei Felix Cornelsen. Der Summer ertönt, wenn auch erst nach einiger Zeit. Als Cornelsen Tim und Sabine an der Wohnungstür erblickt, ist er erstaunt.

»Sie schon wieder? Das sind aber merkwürdige Arbeitszeiten bei den Elektrizitätswerken. Haben Sie schon mal auf die Uhr geschaut?«

Tim zeigt seinen Dienstausweis.

»Herr Cornelsen, wir kennen uns bereits, aber wir sind nicht von den Elektrizitätswerken, sondern von der Kripo in Neustadt. Wir vermissen unseren Kollegen Ole Petersen. Können Sie uns bei der Aufklärung helfen?«

Herr Cornelsen zuckt kaum merklich zusammen und geht rückwärts in den Flur zurück. »Petersen – vermisst – nein, kenn ich nicht, hab ich nichts mit zu tun.«

Tim und Sabine folgen ihm in die Wohnung.

In der Küche greift Cornelsen plötzlich hinter sich.

Tim zieht blitzschnell die Waffe aus dem Schulterholster. Wie in einem High-Speed Film laufen Szenen in seinem Kopf ab, die er eigentlich nicht sehen wollte. Kommt jetzt der Moment, den er immer gefürchtet hatte? Würde er jetzt auf jemanden schießen müssen? Er hat den letzten Gedanken noch nicht zu Ende gedacht, als es an seinem linken Ohr laut knallt. Ein heißer Schmerz durchfährt erst seinen linken Oberarm und dann den ganzen Körper. Reflexartig fasst er sich mit der rechten Hand, in der er noch immer die Waffe hält an den schmerzenden Arm. Blut läuft warm über seine Hand. Scheiße, er ist angeschossen!

»Halt, stehen bleiben! Keine Bewegung, Herr Cornelsen!«, hört er Sabine rufen.

Er sieht, wie sie mit gezogener Waffe hinter Cornelsen herläuft, der den Flur entlang in Richtung Treppenhaus flüchtet. Dann fällt noch ein Schuss! Tim kann die beiden nicht mehr sehen. Hat Cornelsen auf Sabine geschossen? Hat er sie erwischt?

Tim stolpert in Richtung Wohnungstür. Mit dem rechten Arm hält er seine Waffe hoch.

Sabine steht mit gezogener Waffe in der Tür.

»Scheiße, er ist weg!«, ruft sie und starrt Tim an.

»Eine Nachbarin kam aus ihrer Wohnung. Ich konnte nicht schießen!«

»Aber Cornelsen hat geschossen! Bist du verletzt? Oder die Nachbarin?«

Sabine schüttelt den Kopf. »Er hat nur die Wand getroffen.«

Erst jetzt bemerkt Sabine, dass Tim stark blutet.

Sie schneidet einen Streifen von einem Geschirrhandtuch ab und bindet es oberhalb der Schusswunde um Tims Arm. Die Blutung lässt nach.

»Tim, ich muss dich zum Arzt bringen. Komm, du bist ernsthaft verletzt!«

Sabine hat recht. So kann er im Moment nichts ausrichten.

»Ich mache nur noch Meldung beim Chef, dann bringe ich dich ins Krankenhaus«, sagt sie und ruft auch gleich bei der Soko an.

Niebuhr lässt erst einmal dicke Luft ab: »Sabine verdammt! Ein Kollege entführt, einer verletzt und der Verdächtige entkommen! Das ist keine Meisterleistung! Rufen Sie mich wieder an, wenn Tim behandelt wurde.«

Zum Glück ist es nur ein Streifschuss, wie Tim schon richtig erkannt hatte. Er kann nach einer Spritze und mit fachgerechtem Verband wieder gehen.

»Was machen wir jetzt?«

»Wo ist Cornelsen hingefahren?«

»Ich weiß es nicht. Ruf Niebuhr an und sag ihm, dass wir zurückkommen.«

So schwarz wie die Nacht ist auch Tims Stimmung. Die Verletzung muss er vor Maggie und Yessica geheim halten. Die beiden machen sich sonst noch mehr Sorgen. Sabine setzt Tim zu Hause ab. Bruno muss heute auf der Wache übernachten. Seufzend hängt Tim seine Jacke an den Nagel im Flur und legt seine Waffe in die Geheimschublade. Wenn er jetzt darüber nachdenkt, hätte er sie doch ganz gern benutzt und Felix Cornelsen ins Bein geschossen, dann hätten sie ihn jetzt gehabt und er hätte sagen müssen, wo Ole ist. Niedergeschlagen ruft er bei Maggie an.

»Tim, habt ihr Ole gefunden?«, fragt sie aufgeregt. »Ich mache mir solche Sorgen!«

Tim schüttelt den Kopf.

»Was ist los, Tim?«, klingt es an sein Ohr.

»Nein, es tut mir leid, Maggie. Im Moment kommen wir nicht weiter, tappen im Dunkeln. Morgen sehen wir weiter. Was sagt Yessica?«

»Sie hat sich hingelegt. Wir haben uns die Telefonwache geteilt. Sie muss ja morgen operieren.«

»Ich weiß. Leg' du dich jetzt auch hin Maggie. Versuche, dich zu entspannen. Ich rufe euch morgen wieder an.«

Tim versucht zu schlafen, aber die Gedanken an Ole halten ihn davon ab. Hoffentlich lebt Ole!

***

Oles Kopf tut immer noch höllisch weh. Er öffnet langsam die Augen. In einer Ecke des Raumes flackert jetzt eine verstaubte Neonröhre. Ole sieht sich um. Wo bin ich hier nur? Wie lange bin ich ohnmächtig gewesen?

Ein Geräusch läßt ihn zusammenzucken. Er schaut in die Richtung, aus der es gekommen ist. Auf einem dreckigen

Klappstuhl sitzt der Mann aus dem Überwachungsvideo. Trotz der schwachen Beleuchtung trägt er wieder die schwarze Sonnenbrille, die sein Gesicht fast ganz verdeckt.

»Wer sind Sie?«, krächzt Ole. Seine Stimme hört sich furchtbar an, er lallt mit geschwollener Zunge.

»Das geht dich nichts an, Bulle. Du kommst hier nicht mehr raus, glaub mir.«

Ole schluckt. Wer ist der undurchsichtige Typ? Hat er Gandulf Ritter auf dem Gewissen? Die Frage hatten Tim und er sich schon einmal gestellt. Aber jetzt ist Ole sich sicher, dass er es gewesen sein muss. So skrupellos wie dieser Mensch ist!

»Wo bin ich?«

»Das kann dir ganz egal sein. Du wirst sowieso nicht mehr lange leben! Deine Polizeifreunde waren schon da und haben dich gesucht, aber diese Nullen waren nicht schlau genug. Einen habe ich erwischt.«

Ole sinkt völlig erschöpft auf die kratzige Unterlage zurück. Tim! Er meint bestimmt Tim! Ist er verletzt oder tot? Und er selbst wird die Geburt seines Sohnes nicht mehr erleben? Der Mann kommt auf ihn zu und gibt ihm eine Spritze. Ole denkt an das Gift, mit dem Gandulf Ritter ermordet wurde. Er denkt an Maggie und das Kinderzimmer, dann versinkt er wieder in eine tiefe Ohnmacht.

***

Zweite Woche Samstag

Sieben Uhr. Er hat doch kurz geschlafen. Sein Arm schmerzt. Er wälzt sich stöhnend aus dem Bett und geht ins Bad. Mit einer Hand auf die Toilette, Zähne putzen und Haare kämmen – Haare sind ihm heute egal. Dafür nimmt er ein sauberes Hemd aus dem Schrank. Das blutige von gestern kann er wohl entsorgen. Sabine wird ihm beim Anziehen helfen müssen. Darüber muss er sogar lächeln. Es klingelt an der Wohnungstür. Hoffentlich nicht Yessica. Er will nicht, dass sie ihn so sieht.

»Guten Morgen, Tim. Ich wollte dich abholen. Wie geht es dir? Du siehst scheußlich aus«, sagt Sabine.

Tim grinst sie schief an. »Vielen Dank, mir geht es auch beschissen. Kannst du mir beim Anziehen helfen? Was hat dein Freund gesagt?«

»Hab' ihm nichts erzählt.« Sabine sieht zu Boden. »Schließlich bin ich schuld, dass der Typ fliehen konnte.«

»Ich habe dir doch gestern schon gesagt, dass du dir keine Vorwürfe machen sollst. Komm, lass uns los.«

Frau Gründel, die bereits auf ihn wartete, starrt erschrocken auf Tims Arm, der in einer Schlinge hängt und dick verbunden ist.

»Tim, Sie sind ja verletzt!«

Sie drückt Sabine den Kaffee-Becher in die Hand und holt schnell noch einen zweiten.

»Keine Sorge, ich bin fit, der Arm ist nur verstaucht. Ich muss jetzt sofort los. Ein Notfall.«

Tim ringt sich ein Lächeln ab.

An Frau Gründels Blick sieht er, dass sie ihm kein Wort glaubt. Sie lächelt trotzdem und winkt den beiden nach.

Auf der Wache ist die Tagesschicht der Soko im Einsatz. Heinz Niebuhr trägt immer noch den Smoking, jetzt aber ohne Fliege. Er war offensichtlich noch nicht zu Hause gewesen.

»Jürgen geben Sie den beiden einen aktuellen Überblick. Tim, wie geht es Ihnen? Dr. Bär soll sich das nachher noch mal ansehen. Sabine achten Sie darauf, dass Tim auch wirklich hingeht!«

Dann wendet sich Niebuhr an alle: »Ich bin in fünf Stunden wieder hier. Bis dahin will ich irgendetwas sehen. Ole ist jetzt schon seit vierzehn Stunden in der Gewalt dieser Irren. Strengt euch an, verdammt noch mal!«

Jürgen klärt sie über die Neuigkeiten der Nacht auf. Der Bürgermeister wurde verhört, allerdings ohne Erfolg.

Zwei Kollegen ermitteln noch immer in Richtung Hamburg. Sie hatten zwar herausgefunden, dass Thomas Mabunde Straßenbau an der Fachhochschule studierte und auch die damalige Adresse war bekannt, aber alle Nachforschungen verliefen im Nirgendwo. Parallel dazu wurden seine familiären Bindungen durchleuchtet. Die Schwester war vor drei Jahren gestorben. Sie hatte keine Kinder und ihr Mann ist bis jetzt unauffindbar. Ob er überhaupt noch in Hamburg lebt, ist unklar.

Nachforschungen über den Ehemann der Cousine von Dr. Ulrich brachten keine Verdachtsmomente und er konnte damit aus dem Kreis der Verdächtigen ausgeschlossen werden.

»Die Wohnung von Felix Cornelsen wird observiert, aber bis jetzt kam weder er zurück, noch wollte jemand zu ihm. Die Hamburger Kollegen observieren aber weiter«, informiert Kollege Jürgen. Ein weiterer junger Kollege kommt ins Zimmer und übergibt Tim und Sabine seinen Bericht.

»Hier, das kam eben per E-Mail aus Hamburg. Cornelsen ist wegen Erpressung und Körperverletzung vorbestraft.«

»Warum erfahren wir das erst jetzt, Kai?«

Der junge Polizist zuckt mit den Schultern. »Die Daten sind wohl beim Digitalisieren irgendwie hängegeblieben. Die Delikte sind einige Jahre her. Genauer gesagt, acht. Seitdem ist er nicht mehr auffällig geworden.«

Sabine seufzt. »Hoffentlich finden wir Ole bald. Die Sache wird immer merkwürdiger.«

»Was ist mit der Funkzellenauswertung von Oles Handy?«

»Die steht noch aus. Oles Provider kommt mit den Daten einfach nicht rüber. Die haben gesagt, dass es heute Nachmittag was werden soll.«

Tim ist frustriert. »Sabine, ich sehe mal nach Maggie. Ich muss wissen, wie es ihr geht.«

»Schau aber bitte auch bei Dr. Bär vorbei. Ich rufe dich sofort an, wenn es etwas Neues gibt. Kannst du fahren?«

»Nein, ich frage einen Kollegen von der Streife, ob er mich mitnimmt.«

Als Tim bei Maggie klingelt, ist ihm flau im Magen. Was sollte er ihr sagen? Ihr Mann, der Vater ihres ungeborenen Babys, ist von gewalttätigen Verbrechern entführt worden und er konnte absolut nichts machen. Eine verdammte Scheiße war das! Maggie öffnet. Sie ist blass und hat dunkle Schatten unter den Augen.

»Hallo Tim«, begrüßt sie ihn traurig.

»Maggie, es tut mir so leid.« Tim nimmt sie in den Arm und schließt die Tür.

»Hast du etwas Neues?«, fragt Maggie leise.

Tim senkt den Kopf. »Leider nein. Wir ermitteln auf Hochtouren. Die Soko verfolgt jeden Hinweis. Aber du kennst das ja von Ole: Nicht kirre machen lassen – immer cool nachdenken. Kann ich etwas für dich tun? Kommt Yessica nachher wieder?«

»Ja, sie kommt um zwei. Sie macht die OPs und kümmert sich um einige wichtige Patienten. Die restlichen Termine hat ihre Helferin abgesagt. Sie schließt dann die Praxis bis morgen. Ich muss heute Nachmittag noch mal zum Arzt wegen des Babys. Yessica begleitet mich.«

»Ist alles in Ordnung mit dem Baby?«, fragt Tim besorgt.

Maggie ringt sich ein leichtes Lächeln ab und streichelt ihren Bauch. »Jaja, mach dir keine Sorgen. Mit dem Baby ist alles in Ordnung – aber finde seinen Papa, bitte.«

»Versprochen, Maggie! Grüß' Yessica von mir. Ich rufe euch heute Abend an und natürlich sofort, wenn es etwas Neues gibt. – Bis dann.«

»Bis dann, Tim.« Maggie sieht wieder zu Boden und Tim zieht die Haustür hinter sich zu. Er atmet tief durch, als er in die kühle Herbstluft tritt.

Nach einem kurzen Fußmarsch steigt er an der Ecke in den gerade ankommenden Bus. Maggie hatte glücklicherweise seinen verletzten Arm nicht bemerkt.

Den lädierten Arm betrachtet sich wenig später Dr. Bär.

»Mensch, Tim. Da haben Sie wirklich noch mal Glück gehabt. Ich verbinde die Wunde neu. Aber Autofahren können Sie erstmal nicht. Das dauert mindestens zwei Wochen. Wie ist es mit Schmerzen? Ich gebe ihnen ein paar Tabletten mit.« Dr. Bär hilft ihm, das Hemd wieder anzuziehen.

»Danke, Dr. Bär.«

»Tut sich etwas im Fall Ole?«

Tim seufzt und schüttelt den Kopf. Da klingelt sein Handy. »Tim, wir haben was!«, ruft Sabine aufgeregt. »Kommst du? Die Auswertung von Oles Telefon ist da und dann gibt's noch eine heiße Spur. Wo bist du? Soll ich dich abholen?«

Dr. Bär wackelt mit seinem langen weißen Zeigefinger und sagt leise zu Tim: »Ich nehme Sie mit, Tim. Ich muss sowieso in die Stadt.«

Fünf Minuten später hält Dr. Bär vor der Revierwache. »Viel Glück wünsche ich Ihnen! Finden Sie diese miesen Vertreter unserer Spezies!«

Glück, ja, das können sie wirklich gut gebrauchen!

Jürgen führt Tim an die gläserne Wand, auf der jetzt auch noch eine Umkreiskarte klebt. »Die Funkzellenauswertung ist gekommen. Oles Handy war zuletzt gestern an dieser Funkzelle eingeloggt.« Er zeigt auf eine Stelle der Karte. »Danach gibt es kein neues Signal mehr. Hier ist ein stillgelegtes Kieswerk. Zwei Kollegen sind schon hingefahren.«

Tims Herz klopft laut. Ist Ole dort?

»Und die andere Neuigkeit?«

»Darüber wissen Sabine und Kai mehr. Die sind drüben in Sabines Büro.« Tim geht hinüber.

Sabine sitzt mit Kai über einen Stapel Papiere gebeugt.

»Was gibt es?«

Sabine sieht auf. »Tim, schau mal. Wir haben hier etwas herausgefunden. Die Schwester von Mabunde ist doch vor drei Jahren gestorben.«

»Ja, und?«, fragt Tim ungeduldig.

»Aber es läuft noch immer ein Konto bei der Ostsee-Bank auf ihren Namen, merkwürdig, oder?«

Tim zieht die Stirn kraus. Das ist allerdings merkwürdig.

»Noch merkwürdiger ist, dass auf dieses Konto Beträge in nicht unerheblicher Höhe eingegangen sind.«

»Was heißt in nicht unerheblicher Höhe?«

»Einmal fünfzigtausend und einmal siebzigtausend Euro. Und noch eine Stufe merkwürdiger ist, dass etwas von dem Geld, nämlich dreißigtausend Euro, wieder abgeholt wurde. Durch wen wissen wir allerdings bis jetzt noch nicht, Mabundes Schwester kann es ja wohl kaum gewesen sein.«

Tim ist aufgeregt. »Wir müssen zur Bank und nachfragen, wer Berechtigung auf dieses Konto hat.«

Kai schaltet sich ein. »Schon erledigt. Mabunde und sein Schwager haben Kontovollmacht. Die Dreißigtausend hat Mabunde abgehoben.«

»Und wer hat das Geld überwiesen?«, will Tim wissen.

Sabine hebt die Schultern. »Da sind wir noch dran. Die Bank forscht nach. Die Beträge kamen übrigens von einem verschlüsselten Konto aus dem Ausland.«

Tim legt die Stirn in Falten.

»Jetzt siehst du aus wie Bruno«, sagt Sabine.

***

Ole dämmert ins Wachsein. Ich lebe noch!, stellt er fest. Der Mann hatte ihm also kein Gift, sondern nur ein Betäubungsmittel gespritzt. Die dreckige Neonröhre flackert wie zuvor. Ole sieht sich um. Der Mann ist weg, hat wohl vergessen, die Lampe auszuschalten. Oder aus Freundlichkeit brennen lassen? Bestimmt nicht! Das laute Summen ist auch noch da. In einer Ecke steht ein großer grauer Schrank mit einem roten Schalter. An einer Wand sind einige Kanister aufgereiht. Aus der Richtung kommt das Summen: von einem eigenartigen blauen Kasten mit Schläuchen daran. Er muss dringend aufs Klo. Seltsam, er wünscht sich, dass der Mann bald wiederkommt. Sein Hals schmerzt mörderisch vor Trockenheit. Lange halte ich es nicht mehr ohne Wasser aus!

Er muss noch fast zwei Stunden warten, bis wieder der Schlüssel in der Tür klappert. Der Mann im schwarzen Anzug kommt herein.

»He Bulle, ich kann nicht nach Hause. Deine Kollegen stehen vor meiner Wohnung! Findest du das gut?«

Er tritt Ole gegen das Schienbein.

Ole stöhnt. »Ich mu-muss aufs Klo«, krächzt er.

Der Mann zieht ihn hoch und schleift ihn zu einer anderen Tür, die Ole vorher gar nicht aufgefallen war. Dahinter ist ein winziges WC. Der Mann löst ihm die Handfesseln. Das Blut strömt in seine Arme. Ein seltsam wohltuender Schmerz! Der Mann bleibt hinter ihm stehen, bis er seine Notdurft erledigt hat. Sofort fesselt er ihn wieder.

Als der Mann ihn zurück auf sein hartes Lager bringt, fällt Oles Blick auf die Aufschrift eines der Kanister. Glanzwachs steht darauf. Glanzwachs? So etwas braucht man doch in einer Autowaschstraße, oder? Aber was nützt es, er weiß ja nicht einmal, in welcher Stadt er ist.

»Was wollen Sie denn von mir?«, versucht er einen neuen Anlauf, herauszufinden, was er hier eigentlich soll.

»Dass du schweigst!«

Der Mann im Anzug schubst ihn auf sein Lager.

»Und zwar für immer!«

»Aber warum? Was soll ich denn verschweigen? Wer sind Sie überhaupt?«

»Ich bekomme nur das Geld. Schweigen musst du für andere!«

Ole weiß gar nichts mehr. Sein Hals wird immer enger, und als der Mann wieder mit einer Spritze auf ihn zu kommt, schließt er nur noch die Augen und denkt an Maggie.

»Gute Nacht, Bulle!«, hört Ole noch, dann umfliegen dunkle Wolken seinen Kopf.

***

Die beiden Kollegen, die in dem verlassenen Kieswerk gesucht hatten, kommen mit Oles Handy, verpackt in einer Tüte der Spurensicherung, zurück.

Tim springt auf: »Habt ihr eine Spur von Ole?«

Die Beamten schütteln die Köpfe.

»Leider nicht. Nur sein Handy. Es lag in einem verlassenen Bauwagen auf dem Gelände des Kieswerks. Da war wohl mal das Büro des Schichtleiters. Wir haben Martin schon hingeschickt, denn es gab frische Reifenspuren in dem feuchten Boden. Aber sonst keine Spur von Ole. Wir bringen das Handy zur KTU.«

KTU ist die kriminaltechnische Untersuchung. Die sollen versuchen, aus Oles Handy alle verwertbaren Daten herauszuholen. Das dauert allerdings seine Zeit und es wird schon wieder dunkel. Und sie haben wie gehabt – noch nichts.

»Tim, kommst du mal schnell? Hier ist gerade was von der Bank reingekommen!«

Im umfunktionierten Besprechungsraum sitzen Sabine, Jürgen und Kai vor einem Bildschirm. Tim setzt sich neben die Drei und schaut ebenfalls gespannt auf die angezeigten Daten. »Was ist das?«

»Die bewussten Transaktionen vom Konto der verstorbenen Schwester des Herrn Mabunde. Das Geld kam von einer Firma RC Holding auf den Cayman Inseln.«

»Von den Cayman Inseln? Das ist doch so ein Steuerparadies, oder? Was für eine Verbindung gibt es denn von dort zu unserem kleinen Neustadt?«

»Das kann ich dir sagen«, antwortet Kai. »Die Firma RC Holding, genauer gesagt, Ritter Consulting Holding, gehört oder besser gehörte Gandulf Ritter. Die Gelder kamen also von ihm. Aber wofür?«

Tim schaut ihn mit zusammengekniffenen Augen an und plötzlich setzt sich alles wie ein Puzzle zusammen! Er steht auf und geht im Raum hin und her.

»Also, dieser Ritter ohne Furcht und Adel will ein weißes Schloss an der Steilküste bauen, wofür es nie und nimmer eine Baugenehmigung geben würde. Doch diese Baugenehmigung wird trotzdem völlig problemlos ausgestellt und ebenso sofort und problemlos vom Bürgermeister Jensen unterschrieben. Ritter hat den Baudezernenten und den Bürgermeister bestochen! Das muss es sein. Dass sie irgendwie unter einer Decke stecken, war doch gar nicht zu übersehen. Können wir das Konto des Bürgermeisters überprüfen?«

Sabine schüttelt den Kopf. »Nicht ohne Beschluss vom Staatsanwalt, und der ist ja nicht da. Aber wenn Niebuhr wiederkommt, fragen wir ihn sofort, es geht hier schließlich um Ole.«

Tim unterbricht seine Bürowanderung. »Das ist ab diesem Schwester-Konto wohl eher ein Bargeld-Deal. Dann muss es einen Zwischenträger geben. Aber die wichtigste Frage ist immer noch: Wo ist Ole? Haben wir etwas über den Schwager von Herrn Mabunde?«

»Ich rufe gleich mal in Hamburg an, ob die inzwischen etwas herausgefunden haben«, sagt Kai.

»Tim!« Jürgen winkt Tim zu sich heran. »Ich habe mir das Firmengeflecht von Herrn Ritter mal genauer angesehen. Er hat mehrere sogenannte Briefkastenfirmen auf den Cayman Inseln und in anderen Steuerparadiesen gegründet. Dorthin überwies er das Geld aus seinen diversen Geschäften. Er war unter anderem im Baubereich tätig und im Musikgeschäft. Alles sehr zwielichtig. Wenn die Sache mit Ole zu Ende ist, geben wir die gesamten Unterlagen an die Kollegen von der Wirtschaftsabteilung ab. Für die Frau von Herrn Ritter wird es nicht allzu rosig aussehen. Viel Erbschaft bleibt da wohl nicht.«

Kai hatte inzwischen den Hörer aufgelegt. »Der Schwager von Mabunde betreibt in Hamburg eine Autowaschstraße. Aber auch die läuft auf den Namen seiner verstorbenen Frau. Als i-Tüpfelchen bezieht er auch noch Unterstützung vom Staat. Was für ein Abzocker! Die Kollegen fahren hin und schauen sich mal um. In etwa einer halben Stunde wissen wir mehr.«

Tim geht vor die Tür. Er atmet die feuchte kalte Luft ein und tippt Maggies inzwischen gespeicherte Nummer.

»Maggie ich bin es, Tim. Wie geht es dir jetzt?«

»Ach Tim, danke, ich vertraue auf die Arbeit der Polizei. Das hat mir Ole ja auch beigebracht. Mit dem Baby ist alles in

Ordnung, hat der Arzt gesagt. Heute in drei Monaten ist der Kleine da. Laut den Berechnungen des Ultraschalls jedenfalls.« Sie schweigt einen Moment. »Ole will dabei sein, hat er gesagt. Das finde ich schön.«

»Wir finden ihn, Maggie. Wir haben inzwischen eine heiße Spur, die wieder nach Hamburg führt. Die Kollegen vor Ort sind schon dran. Sobald es losgeht, melde ich mich bei dir.« Dass sie Oles Handy gefunden hatten, verschweigt er lieber. »Kannst du mir Yessica kurz geben?«

Maggie verabschiedet sich von Tim und reicht den Hörer weiter.

»Hallo Tim. Sei vorsichtig, nicht dass dir auch noch was passiert.«

Trotz der ganzen Sorgen und der Anspannung macht Tims Herz kleine Hüpfer. Yessica macht sich Sorgen um ihn – komisch, irgendwie macht es ihn glücklich!

»Ja, du musst keine Angst haben. Bleibst du heute wieder bei Maggie?«

»Ja, natürlich! Es gibt morgen Früh nur wenige Termine, und ab mittags habe ich frei.«

»Das ist gut. Ich melde mich bei euch. Bis dann.«

Yessica legt auf. Tim hält den Hörer noch einige Sekunden in der Hand und starrt in die Dunkelheit.

»Tim, es geht los!«

Jürgen wirft Tim eine schusssichere Weste zu. »Zack, zack! Wir fahren nach Hamburg.«

Heinz Niebuhr erscheint ebenfalls in der Tür. Er klärt Tim auf: »Die schwarze S-Klasse parkt vor der Waschstraße! Außerdem haben Zeugen zwei sich auffällig verhaltende Männer beobachtet. Da aber der Besitzer der Waschstraße vor Ort war, haben sie sich nichts dabei gedacht. Erst bei der Befragung durch die Kollegen kam es ihnen merkwürdig vor, dass einer der Männer offensichtlich total betrunken oder sogar bewusstlos war.«

Jürgen half Tim in die Weste. »Das SEK ist verständigt. Die warten mit dem Einsatz, bis wir vor Ort sind. Komm also, schnell!«

Sie steigen in einen Kleinbus der Polizei und brettern, was das Zeug hält mit Blaulicht über die Autobahn. Nach gut einer dreiviertel Stunde sind sie beim Autobahnkreuz angekommen.

»Wo genau ist denn die Waschstraße?«, fragt Sabine.

Tim ist viel zu aufgeregt, um überhaupt danach zu fragen. Außerdem schmerzt sein Arm. Er hatte vergessen, die Schmerztablette zu nehmen, die Dr. Bär ihm mitgab.

»In Hamburg-Osdorf. Wir benötigen noch etwa zwanzig Minuten«, antwortet Heinz Niebuhr.

Tim stöhnt. Das dauert ja noch eine halbe Ewigkeit! Seine Nerven waren bis aufs Äußerste angespannt.

»Tim. Sie leiten den Einsatz, es sei denn, Sie können es nicht wegen ihres Arms.«

»Nein, es geht Chef. Ich übernehme das.«

Niebuhr nickt. »Sabine und Kai unterstützen Sie.«

Die beiden bestätigen es. Jürgen stattet die Polizisten mit Minifunkgeräten aus. Jeder bekommt einen Knopf ins Ohr gesteckt und ein Mikrofon an den Jackenkragen geheftet. Jürgen stellt die Frequenz ein und testet die Sprachqualität. Alles funktioniert einwandfrei.

»Die SEK-Leute sind auf Position. Sie warten auf deinen Befehl, Tim. Der Leiter ist Mirko Meyer. Du wirst ihn bei unserer Ankunft treffen.«

Tim nickt Jürgen zu und sieht aus dem Fenster. Sie sind bereits mitten in Hamburg. Lange kann es nicht mehr dauern. Fünf Minuten später halten sie in einer kleinen Straße. Die Bürgersteige sind abgesperrt. Das rot-weiße Polizei-Absperrband flattert im kalten Wind.

Ein SEK-Beamter in voller Montur, mit Helm und Maschinenpistole kommt auf sie zu. Er klappt das Visier des Helms hoch. Darunter kommt ein nettes Gesicht mit Bart zum Vorschein.

»Tim Bronkau?«

»Ja, der bin ich. Sie sind sicher Mirko Meyer?«

Tim lässt sich seine Aufregung nicht anmerken. Schließlich ist dies sein erster SEK-Einsatz und es geht um seinen Partner!

Mirko Meyer weist mit dem Arm ans Ende der Straße. »Die Waschanlage befindet sich rechts um die Ecke. Alles ist abgesperrt, die Menschen sind gewarnt und bleiben in den Häusern. Meinetwegen kann es losgehen.«

Tim schluckt. »Gut, dann los!«

Gleich hinter der Ecke strahlt die Leuchtreklame der Waschstraße.

»Die Waschstraße ist um diese Zeit geschlossen. Aber wir haben eine Tür gefunden. Hinten an der Seite, da gehen wir rein!«, sagt Mirko über den Sprechfunk.

Tim betätigt den kleinen Knopf an seinem Mikrofon und bestätigt, dass er verstanden hat. Sie schleichen gemeinsam mit sechs weiteren SEK-Männern an dem Gebäude entlang. Ein Beamter versucht, die Tür aufzubrechen. Ohne Erfolg.

»Wir sprengen, alle zurücktreten!«, kommt es durch den Funk.

Nur ein SEK-Beamter bleibt an der Tür stehen und bringt den Sprengsatz an. Er hebt den linken Arm und streckt drei

Finger hoch. »Drei – zwei – eins«, zählt er und klappt jeweils einen Finger ein. Dann ist ein erstaunlich leiser Knall zu hören und die Tür fliegt auf. Die Beamten stürmen hinein. Mit ihren großen Taschenlampen leuchten die SEK-Männer in zwei Räume, die direkt hinter der Tür liegen. Sie halten ihre MPs im Anschlag.

»Sauber!«, erklingt es zwei Mal. Es befindet sich also in keinem der Räume eine Gefahr oder eine Person. Die nächste Tür können sie mit einem Fußtritt öffnen. Der kleine Raum wird von einer flackernden Neonröhre schwach beleuchtet. Ein merkwürdiges Summen umfängt sie.

»Verletzte Person! Sanitäter!«, ruft Mirko in das Funkgerät.

Tim drängt sich an den anderen vorbei. Ist es Ole?

Er sieht auf die Person, die gefesselt am Boden liegt. Es ist Ole! Er bewegt sich nicht. Ist er tot? Tim beugt sich über ihn. Ein stechender Schmerz durchfährt seinen Arm, aber Tim beißt die Zähne zusammen.

Ole atmet! Zwar nur schwach, aber er atmet! Eine schwere Last fällt von Tim ab. Mirko zückt ein Messer und schneidet die Fesseln durch.

Tim hebt Oles Oberkörper auf seinen gesunden Arm.

»Ole, Ole, hörst du mich?

Ole zeigt keine Reaktion. Sanitäter kommen eilig angelaufen. Einer leuchtet mit einer Taschenlampe in Oles Augen.

»Starre Pupillen, Drogen!«, stellt er fest.

Sein Kollege zieht Ole die Jacke aus und schiebt den Hemdsärmel hoch. »Ihm wurde was gespritzt. Wir müssen den anderen Arm nehmen!«

Tim stockt der Atem. Wurde auch Ole Gift gespritzt? Der zweite Sanitäter legt einen Zugang und hängt eine Flasche mit einer durchsichtigen Flüssigkeit an einen Haken.

Langsam läuft die Flüssigkeit in Oles Vene. Er wird auf die Trage gehoben und hinausgebracht. Tim ist einige Sekunden wie erstarrt. Ole ist endlich gefunden – aber sein körperlicher Zustand ... er mag gar nicht weiterdenken.

»Tim?« Sabine legt ihm sacht eine Hand auf die Schulter. »Komm, sie bringen ihn ins Altonaer Krankenhaus. Du kannst im Rettungswagen mitfahren.«

Tim steht auf. Ihm ist speiübel. Er drückt Mirko Meyer die Hand; sagen kann er im Moment nichts. Als er sich wieder fängt, wendet er sich an Sabine: »Bitte kümmer dich um alles Weitere. Wir müssen die Schweine finden, die Ole das angetan haben.« Dann klettert er in den Rettungswagen.

Ole liegt auf der Trage, hat einen Schlauch in der Nase und noch immer die Kanüle mit dem Tropf im Arm. Am rechten Zeigefinger klemmt eine Plastikmuffe, die den Sauerstoffgehalt seines Blutes kontrolliert. Ein Gerät piept. Einer der Sanitäter schaut auf einen Bildschirm, ein anderer zieht eine Spritze auf.

»Wie lange dauert es, bis er wieder wach wird?«

»Keine Ahnung, wir wissen nicht, was er intus hat. Kann ein paar Stunden dauern.«

»Wir sind in fünf Minuten im Krankenhaus. Die wissen Bescheid und machen gleich Blutuntersuchungen, damit sie darauf abgestimmt behandeln können.«

Abwarten war angesagt – mal wieder.

Im Krankenhaus wird Ole eilig in die Notaufnahme geschoben. »Sie müssen jetzt leider draußen bleiben. Wir sagen Bescheid, wenn Ihr Kollege auf die Station kommt.«

»Ist gut, ich warte hier im Flur.«

Der Arzt sieht Tim an. »Was ist mit Ihrem Arm? Sind Sie auch verletzt?« Erst jetzt fällt Tim der schmerzende Arm wieder ein. Etwas Blut ist durch den Verband gesickert. »Schwester Annika, schauen Sie sich den Arm von Herrn ...« »Bronkau«, sagt Tim.

»Danke«, sagt der Arzt. »Den Arm von Herrn Bronkau bitte mal an. Und geben Sie ihm bei Bedarf ein Schmerzmittel.«

»Wird gemacht, Herr Doktor.« Schwester Annika, eine kleine pummelige Frau mit lustigen Augen, winkt Tim in ein Behandlungszimmer. Sie verbindet die Wunde neu und gibt Tim zwei Schmerztabletten.

»Vielen Dank, Schwester Annika. Jetzt muss ich dringend telefonieren. Hier darf ich wohl kein Handy benutzen?«

»Gern geschehen, Herr Bronkau. Telefonieren können Sie im Vorraum des Wartezimmers.«

Tim atmet zweimal tief ein und wählt Maggies Nummer.

»Tim, habt ihr Ole gefunden?« Maggie ist sofort dran, sie sitzt bereits seit zwei Stunden neben dem Telefon.

»Ja, wir haben ihn gefunden. Er ist noch bewusstlos, die Typen haben ihm irgendwas gespritzt, aber wir sind schon im Krankenhaus und ihm wird geholfen.«

Maggie schluchzt leise.

»Maggie, weine nicht«, sagt Tim verzweifelt. »Es wird alles gut. Ich rufe wieder an, wenn er aufgewacht ist. Dann kannst du direkt mit ihm sprechen.«

Maggie schnieft. »Nein, ich komme sofort zu euch!«

»Nein, Maggie, das hat keinen Zweck. Denk' an das Baby! Ich rufe dich sofort an, wenn er wach ist, versprochen!«

»Ich halte es hier aber nicht aus.«

»Maggie, vergiss' die Sorgen! Jetzt laufen nur noch Freudentränen aus deinen Augen!« Tim muss viel Überzeugungskraft aufbringen, bis Maggie einverstanden ist, zu Hause zu warten.

»Tim?«

»Ja?«

»Danke. Danke an euch alle. Das werde ich euch nie vergessen.«

»Schon gut, Maggie, ist doch alles selbstverständlich«, sagt er mit einem großen Kloß im Hals.

Es raschelt im Hörer, dann ist Yessica dran. »Tim. Ein Glück! Geht es dir gut? Was ist mit Ole? Wo seid ihr? Wann kommt ihr nach Hause? Entschuldige, ich frage so viel.«

»Hallo Yessica. Mir geht es gut. Ole ist noch bewusstlos und wird gut versorgt. Ich gehe gleich wieder zu ihm. Wir sind im AK Altona. Ihm wurde irgendeine Droge gespritzt. Die Ärzte analysieren gerade, welche genau. Wann wir nach Hause kommen, weiß ich nicht. Ich melde mich wieder, wenn Ole wach ist. Das kann aber noch dauern. Okay? Ich freue mich schon auf unser Wiedersehen!«

»Ich mich auch«, sagt Yessica leise und legt auf.

Tim geht zurück auf den Flur vor den Behandlungsräumen. Er setzt sich wieder auf die Bank. Warten, immer warten. Schließlich kommt Schwester Annika mit einem Lächeln auf ihn zu: »Ihr Kollege ist jetzt wach! Wir bringen ihn gleich auf die Station. Kommen Sie!«

Tim springt auf und folgt Schwester Annika in das Behandlungszimmer.

»Ole, wie geht es dir?«

Der Arzt hält Tim zurück: »Langsam, langsam. Ihr Kollege ist eben erst aufgewacht, aber er hat sofort nach ihnen gefragt.«

Tim tritt vorsichtig an Oles Bett.

»Tim, du lebst und ihr habt mich gefunden, ein Glück! Was waren das für Typen? Was wollten die?«

»Ole, wir sind so froh! Alles andere später. Jetzt musst du erst mal zu Kräften kommen. Weißt, du was die dir gespritzt haben? Und wieso sollte ich tot sein?«

Ole schüttelt den Kopf. »Der Blues Brother hat gesagt, dass er einen von uns erwischt hat. Ich habe das Schlimmste befürchtet! Nein, keine Ahnung, was die mir verabreicht haben. Hat der Arzt auch schon gefragt. Aber es war der Typ im schwarzen Anzug. Sonst weiß ich nichts – hab nur herausgefunden, dass sie mich in eine Waschanlage gebracht hatten?«

Tim grinst schief. »Ja, immer schön sauber bleiben, nicht? War eine Top-Recherche, bis wir auch drauf gekommen waren. Die Hamburger Kollegen haben prima geholfen.«

Ole muss auch grinsen und hustet leicht.

Der Arzt tritt heran: »Herr Petersen muss sich unbedingt schonen. Wir haben bis jetzt keine vollständige Analyse. Wir bringen ihn auf die Station. Kommen Sie bitte mit. Dr. Schröder wird Sie dort in Empfang nehmen.«

Der Pfleger schiebt das Bett zum Fahrstuhl. Im Stationszimmer werden erneut Schläuche an Oles Armen befestigt.

Ole schläft sofort ein, nachdem die Schwester das Zimmer verlassen hat. Tim tritt ans Fenster. Er sieht nur sein müdes Spiegelbild in der dunklen Scheibe. Er setzt sich auf den Stuhl neben Oles Bett und ist wenig später auch eingeschlafen. Als die Tür geöffnet wird, schreckt er hoch. Die Schwester kommt herein, gefolgt vom Arzt.

»Wir wissen jetzt, was ihrem Kollegen gespritzt wurde. Es war eine Form von Ecstasy. Wir werden ihn entsprechend behandeln. Wenn alles gut läuft, kann er morgen nach Hause.«

Auch Ole erwacht und schaut in die Runde. Eine Träne läuft ihm über die Wange. Tim streicht ihm übers Haar. »Alter, morgen kannst du zu Maggie. Sieh zu, dass du dich erholst. Ich muss mal sehen, wie ich jetzt nach Hause komme. Ich rufe kurz bei Sabine an. Bin gleich wieder bei dir.«

Auf dem Flur kommt ihm Heinz Niebuhr entgegen. »Herr Bronkau. Ich bringe Sie nach Hause, Frau Schneider schläft bestimmt schon«, sagt er. Tim war überrascht, dass der Chef persönlich gewartet hatte.

»Ich muss doch wissen, wie es Herrn Petersen geht. Bin wohl im Wartezimmer kurz eingenickt.« Er reibt sich den Nacken.

»Ihm geht es einigermaßen gut. Die Gauner haben ihm einen Ecstasy-Rausch verpasst. Die Ärzte haben alles im Griff und mit Glück kann er morgen hier raus.«

Heinz Niebuhr atmet hörbar aus. »Mann, Mann, Mann. Das hätte verdammt schlimm ausgehen können.«

Tim nickt. »Allerdings. Wir sind rechtzeitig gekommen. Wie kommen wir jetzt nach Hause? Ich bin total k.o.«

»Draußen wartet ein Hamburger Kollege mit dem Streifenwagen – kleine Sonderfahrt. Er übernachtet in Neustadt und fährt morgen zurück. Ist alles geregelt. Die Hamburger Kollegen sind eine große Hilfe.«

»Das kann man wohl sagen. Ich verabschiede mich kurz von Ole und rufe seine Frau an. Dann komme ich nach unten.«

»Ja, ist gut. Richten Sie ihm schöne Grüße aus. Wir brauchen seine Aussage. Wenn er morgen wieder in Neustadt ist, sollten Sie ihn gleich befragen.«

Tim seufzt, jetzt lässt er doch den Chef raushängen! »Chef, erstmal muss er zu Kräften kommen, denken Sie nicht?«

»Jaja, natürlich. Aber es wäre schon wichtig – der Fall ist ja hiermit nicht beendet.« Heinz Niebuhr dreht sich um und geht den Flur hinunter in Richtung Fahrstuhl. Er hat ja recht, denkt Tim, persönliche Gefühle dürfen die Polizeiarbeit nicht behindern. Dann wählt er Maggies Nummer. Wieder nimmt sie nach dem ersten Klingeln ab.

»Und, wie geht es Ole?«, fragt sie ohne Umschweife.

»Auf jeden Fall besser, als Junkies nach einem Drogentrip. Die Ärzte entdeckten eine Art Ecstasy in seinem Blut und haben ihn entsprechend behandelt. Er lächelt schon wieder und lässt dich grüßen. Morgen kann er entlassen werden. So glaubt man jedenfalls. Er ist total erschöpft, aber sonst okay.«

Maggie schluchzt: »Oh Gott, ein Glück. Wie geht es dir denn, Tim?«

»Mit mir ist alles klar. Schlaft jetzt, ihr beiden. Ich fahre zurück und morgen sehen wir weiter. Ruf mich mal an, wenn Ole zu Hause angekommen ist, ja?«

Ole schläft schon wieder. Tim stößt ihn leicht an: »Ole, ich hau' jetzt ab. Schöne Grüße von Maggie und vom Chef. Ich muss dich morgen vernehmen, tut mir leid.«

Ole versteht den Scherz und grinst mit schiefem Mund. »Ach der Chef, was? Geht klar. Was ist mit Maggie?«

»Sie erwartet dich morgen zu Hause, gib dir also Mühe mit dem Fitwerden!«

Sofort ist Ole wieder eingeschlafen. Tim sieht ihn noch einige Sekunden an. Er ist wirklich froh, dass Ole nichts Schlimmeres geschehen ist. Erleichtert verlässt er das Zimmer. Ein Beamter in Uniform hat vor der Tür auf einem Stuhl Posten bezogen.

Tim erschrickt erneut. »Was ist passiert? Warum die Bewachung?«

»Der Typ, der ihren Kollegen entführt hat, ist ja noch nicht gefasst. Ich bleibe heute Nacht hier. Vorsichtsmaßnahme zur Sicherheit.«

»Gut. Vielen Dank. Gute Wache.«

Er muss gleich den Chef dazu befragen. Der sitzt schon im Streifenwagen vorm Krankenhaus, wartet auf den Start der schnellen Fahrt nach Neustadt und ist darüber eingenickt. Als Tim die Autotür zuzieht, schreckt er hoch.

»Guten Abend – oder besser gute Nacht. Vielen Dank, dass Sie uns fahren«, sagt er zu dem Beamten hinterm Steuer. Der nickt Tim freundlich zu: »Ehrensache. Schlimme Sache mit ihrem Kollegen. Hoffentlich sind die Scheißkerle bald hinter Gittern.«

»Chef, was ist mit Cornelsen?«, fragt Tim.

Heinz Niebuhr zuckt mit den Schultern: »Die Fahndung läuft auf Hochtouren – aber immer noch ohne Erfolg. Deshalb sitzt der Kollege vor Herrn Petersens Zimmer. Wir dürfen kein Risiko mehr eingehen. War ja schon Glückssache, dass wir ihn fanden, bevor diese Leute ihm Schlimmeres antun konnten. Auch Mabunde ist nach wie vor verschwunden. Aber keine Sorge, den und Cornelsen finden wir schon. Jetzt schlafen wir erstmal. Morgen müssen wir wieder fit sein.«

Damit lehnt er sich an die Scheibe und schließt die Augen. Auf der Autobahn sieht Tim in die schwarze Nacht hinaus. Nur wenige Fahrzeuge sind unterwegs. Er kann nicht schlafen, grübelt über Cornelsen und Mabunde nach. Die Jagd geht weiter, sie haben schließlich immer noch einen Mordfall zu klären. Die roten Fäden verdichten sich zu einem Netz. Bei der Grübelei fallen ihm dann doch die Augen zu und er erwacht erst wieder, als ihn der Hamburger Kollege an der Schulter schüttelt.

»Herr Bronkau. Endstation! Sie sind zu Hause. Ich bringe Herrn Niebuhr jetzt noch nach Hause.«

Tim bedankt sich und wankt schlaftrunken ins Haus. Trotz Müdigkeit legt er routiniert seine Waffe wieder ins Geheimfach. Er lässt sich aufs Bett fallen und schließt die Augen. Wo ist eigentlich Bruno? Er hatte ihn auf der Wache gelassen, als der Einsatz begann. Egal, irgendjemand wird sich um ihn gekümmert haben. Wahrscheinlich schlummerte er seelenruhig mit vollgefressenem Bauch und ließ in aller Ruhe einen leisen Furz ab.

Zweite Woche Sonntag

Als Tim am nächsten Morgen aufwacht, brummt ihm der Schädel. »Irgendwo müssen hier doch Kopfschmerztabletten sein, verdammt«, flucht er leise. Im Küchenschrank findet er eine Packung Aspirin. Eine einzige Tablette ist noch in der Verpackung.

»Ich muss zur Apotheke«, brummt er vor sich hin. Er füllt ein Glas mit Wasser und schluckt die Tablette hinunter.

Da kratzt es an der Wohnungstür. Bruno steht davor und wedelt mit dem Hinterteil. Tim ist erleichtert. Der Hund hat die Nacht also bei Frau Gründel verbracht. Mit einer dampfenden Tasse Kaffee in der Hand kommt sie die Treppe hinauf.

»Guten Morgen, Tim. Einer Ihrer Kollegen brachte Bruno gestern Abend zu mir. Es tut mir leid, Sie zu stören, aber er liegt seit fast einer Stunde winselnd vor meiner Tür. Er will zu Ihnen. Länger konnte ich ihn nicht zurückhalten. Hier ein kleines Frühstück als Entschädigung.«

»Danke, danke!«, lacht Tim, doch bevor er den Becher Kaffee und das Marmeladenbrötchen ergreift, muss er Bruno begrüßen. »Ach mein Dicker! Ja, ich bin wieder da. – Kommen Sie herein Frau Gründel.«

Tim schlürft den heißen Kaffee. Das Brötchen schmeckt ihm himmlisch. Das tut gut! Erst jetzt fällt ihm auf, dass er seit gestern Mittag keinen Bissen mehr zu sich genommen hatte.

Nebenher erzählt er Frau Gründel von der Entführung.

»Was sind das bloß für Leute!«, schüttelt sie den Kopf.

»Darüber darf ich Ihnen natürlich noch nichts sagen. Aber ich denke, wir haben den Fall bald aufgeklärt. Herr Petersen kommt heute nach Hause – hoffe ich jedenfalls ...«

Langsam lassen die Kopfschmerzen nach und Tim schaut auf die Uhr. Es ist fast halb neun.

»... aber jetzt muss ich los. Wir haben schließlich noch einen Mord aufzuklären.«

Frau Gründel nickt heftig und beeilt sich, aufzustehen. »Oh, Gott, ja! Bringen Sie diese schrecklichen Menschen hinter Gitter! Aber seien Sie vorsichtig – und viele Grüße und gute Besserung an ihren Kollegen.«

Draußen schaudert er. Es ist empfindlich kalt geworden. Er lässt Bruno auf die Rückbank hopsen und fährt auf direktem Weg zur Wache.

Sabine sitzt schon am Schreibtisch, als Tim ins Büro kommt. Bruno kuschelt sich sofort in sein Körbchen.

»Sabine, wie geht es dir?«

Sie sieht ihn besorgt an. »Mir geht es gut, aber wie geht es dir und vor allem Ole?«

»Danke, bei mir ist alles okay. Und Ole wird wohl heute nach Hause kommen. Diese Verbrecher haben ihm eine Ecstasy-ähnliche Droge gespritzt, das Zeug hat ihm ziemlich zugesetzt. – Gibt es denn von Cornelsen wieder eine Spur?«

Sabine schüttelt den Kopf. »Von Mabunde auch nicht. Der Chef ist beim Bürgermeister. Er hat sich endlich einen Durchsuchungsbefehl besorgt. Der Staatsanwalt war zwar erst sauer, bei der Konferenz gestört zu werden, aber nach ein paar Stichworten zum Fall, kam er richtig in Fahrt.«

»Na also, geht doch«, nickt Tim. Sein Handy klingelt. Es ist Maggie.

»Ole wird mit dem Krankenwagen gebracht«, verkündet sie erleichtert. »In zwei Stunden ist er hier. Ich habe schon unseren Hausarzt angerufen, der sieht dann gleich nach ihm. Soll Ole wirklich gleich zur Wache kommen? Wegen der Vernehmung sagt er. Das musst du ihm ausreden, Tim.«

»Typisch Ole«, lacht Tim. »Keine Sorge, Maggie, erst muss der Arzt sein Okay geben – und dann komme ich zu euch. Ole kann sich dann in Ruhe in deinen Armen erholen.«

Maggie ist erleichtert. »Ich rufe dich an, sobald ich weiß, was der Arzt gesagt hat.«

Sabine sieht Tim fragend an. »Es geht Ole also besser? Wenigstens eine gute Nachricht heute. Die Kollegen von der Spusi haben übrigens Oles Handy ausgewertet. Aber es war nichts Ungewöhnliches drauf.«

Tim legt das Handy auf seinen Schreibtisch. »Gibt es etwas zum Fundort?«

»Kai ist dran«, sagt sie gerade, als er ins Zimmer kommt.

»Auch das Kieswerk gehört zur Unternehmensgruppe Gandulf Ritter, wurde vor zwei Jahren stillgelegt. Es warf wohl kein Geld mehr ab. Ritter versuchte schon seit Monaten, es loszuwerden.«

»Alle Spuren führen zu Ritter«, stellt Tim fest. »Habt ihr seine Firmen noch genauer durchleuchtet?«

Kai reicht Tim eine Mappe. »Ist eine verdammte Sisyphosarbeit, dieses Geflecht zu entwirren. Soviel steht fest: Steuern zahlen gehörte jedenfalls nicht zu seinen Hobbys. Ihm gehören diverse Immobilien. Eine Villa in Ahrensburg, eine Finca in Spanien und so weiter. Das dauert, bis wir das alles zusammengetragen haben. Das wird dann ein Fall für die Kollegen der Wirtschaftsabteilung. Aber erstmal kann ich ja noch ein wenig weiterschnüffeln, oder?«

»Klar! Finde heraus, was geht.«

Tim blättert in der Mappe. Er findet ein Foto und die Adresse der Villa in Ahrensburg. Das ist ja auf der Strecke zwischen Hamburg und Neustadt, überlegt er. Vielleicht ein Ort, an dem sich Cornelsen und Mabunde sicher fühlen? Wäre nicht besonders klug – aber nichts ist unmöglich. Einen Versuch ist es wert. Tim ruft die Kollegen in Hamburg an und gibt die Daten durch.

Mal sehen, was der Chef beim Bürgermeister herausfindet. Der hängt da auch mit drin! Das sagt ihm sein Bauchgefühl, was zwar kein Ermittlungsargument ist, aber oft fängt es damit an und war schon oft von Erfolg gekrönt. Das Neustädter Rathaus als Zentrale eines korrupten Vereins? Verbunden mit einem Mord! Ein Riesenskandal wäre das!

Es klopft leise. Yessica! Etwas blass steht sie in der Tür und lächelt sanft. »Es geht dir gut! Ich wollte mich nur selbst davon überzeugen. – Was ist denn mit deinem Arm?«, fragt sie erschrocken.

»Nichts, nichts. Schon besser. Nur ein kleiner Dienstunfall. Schön, dass du gekommen bist.«

»Äh – ich geh' dann mal Kaffee kochen«, sagt Sabine, obwohl die Maschine im Büro steht.

Als ob es ein Zeichen für Yessica ist: Mit drei schnellen Schritten ist sie bei Tim und umarmt ihn. »Ich habe mir Sorgen gemacht. Ich muss gleich wieder in die Praxis, die Patienten der letzten beiden Tage aufarbeiten. Ole ist ja bald zu Hause. Dann ist Maggie beruhigt.«

Tim streicht ihr sanft über den Rücken. Sie riecht gut nach Apfel und Rosen.

»Nein, nein, keine Bange – es ist alles in Ordnung.«

Bruno bestätigt es mit einem »Wuff!« und kassiert dankbar eine Streicheleinheit von Yessica: »He, Bruno, dir geht es also auch gut!« Wieder an Tim gewandt fragt sie: »Sehen wir uns heute Abend kurz? Ich habe ein bisschen Sehnsucht nach euch beiden.«

Fast hätte Tim vor Freude »Jaaa!« geschrien, aber er nickt nur lässig, schließlich ist er ein cooler Ermittler im Dienst: »Gern. Sollen wir zu dir kommen?«

»Sehr gern! Bis nachher!«

Als Yessica weg ist, bleibt auf Tims Gesicht noch ein Glücksgrinsen stehen. Sabine kommt wieder herein. »Ist was?«, fragt sie.

»Wolltest du nicht Kaffee kochen?«, erinnert Tim.

»Mir auch eine Tasse!«, ruft Hauptkommissar Heinz Niebuhr, der auch gerade durch die Tür kommt. »War das eben nicht die Schwester von Herrn Petersen? Wusste sie noch nicht, dass ihr Bruder entführt wurde?«

Tim ist noch in anderen Gedanken unterwegs. »Was? Doch, doch, natürlich«, stottert er. »Äh – sie wollte sich nur erkundigen, wie es Ole geht. Gibt es etwas Neues? Ich habe veranlasst, dass die Hamburger Kollegen in Ahrensburg eine Villa checken, die zu Ritters Firmen-Imperium gehört. Ist vielleicht ein Zufluchtsort von Mabunde und Cornelsen.«

Heinz Niebuhr setzt sich auf Tims Stuhl. Bruno schnüffelt an seinem Hosenbein, und als Niebuhr ihn beiseite schiebt, bleibt etwas Sabber an der Hose. Er sieht Tim erbost an.

»Was gibt es denn Neues bei Wilfried Jensen?«, fragt Tim schnell; er hat keine Lust auf eine dienstherrliche Predigt über private Hunde im Büro.

»Ach Tim«, seufzt Niebuhr jetzt. »Was ist nur aus Neustadt geworden? In Jensens Tresor wurden dreißigtausend Euro gefunden – in bar. Genau der Betrag, der vom Konto der Mabunde-Schwester abgehoben wurde. Höchst merkwürdig, oder?«

»Allerdings«, bestätigt Tim. »Und, was sagt er dazu?«

»Im Moment noch nichts. Er hat uns aber einen Hinweis zu Mabunde gegeben. Er denkt wohl, das würde ihn entlasten, aber daraus wird nichts. Er steckt doch viel zu tief mit drin.«

Tim fühlt sich in seinem Bauchgefühl bestätigt. »Seine Aussage wird uns sicher viel Arbeit ersparen«, sagt er – aber das wäre schon eher ein Geständnis, denkt er bei sich.

Das Telefon auf Tims Schreibtisch klingelt. Heinz Niebuhr steht auf und verzichtet auf den Kaffee. »Ich bin in meinem Büro – gehe dem Hinweis zu Mabunde nach.«

Tim nimmt den Hörer ab. Ein Beamter teilt Tim mit, dass die Ahrensburger Polizei Herrn Cornelsen in der Villa entdeckt hat. Wieder wird ein Sondereinsatzkommando zusammengestellt, um Cornelsen festzunehmen. Der Hamburger Kollege bestätigt Tim, dass Cornelsen anschließend nach Neustadt überstellt werden wird.

»Den haben wir morgen Vormittag im Vernehmungsraum«, sagt Tim zu Sabine, die gespannt mitgehört hatte. »Ich freue mich richtig darauf, diesen Fiesling kriminalistisch auseinander zu nehmen!«

»Immer schön sachlich bleiben«, mahnt Sabine grinsend.

Auf seinem Handy entdeckt Tim eine SMS von Maggie. »Ole ist da! Der Arzt erlaubt Besuche.« Sehr gut, dann kann er gleich hinfahren.

»Bronkau! Was gibt's? Setzen Sie sich«, Niebuhr zeigt auf den Stuhl vor dem Schreibtisch und berichtet von der bevorstehenden Festnahme Cornelsens.

»Dann haben wir den Ersten der Typen! Drücken wir die Daumen, dass er ihnen nicht entwischt. Ich habe eben mit dem Schwager von Mabunde telefoniert. Er hat angeblich von der ganzen Sache nichts gewusst, war auch sehr überrascht, dass das Konto auf den Namen seiner verstorbenen Frau noch existiert. Mabunde hat unter seinem Namen Geld abgehoben. Ihm gehört zwar die Waschstraße, aber er lässt sie durch einen Geschäftsführer betreiben und lebt seit dem Tod seiner Frau in seinem Ferienhaus in Südfrankreich. Mabunde will sich wohl dorthin absetzen. Wir müssen ihn ergreifen, bevor er ausfliegt. Am Hamburger Flughafen steht er jetzt auf der Liste. Sobald er dort auftaucht, setzen die ihn fest.«

»Gut, was ist mit dem Lübecker Flughafen?«, will Tim wissen.

»Hm,« Heinz Niebuhr reibt sich das Kinn. »Daran habe ich noch nicht gedacht. Da geht nichts nach Frankreich. Aber über Mailand oder mit einem Privatjet? Übernehmen Sie das?«

»Ich gebe Frau Schneider Bescheid. Ich fahre jetzt zu Herrn Petersen. Mal sehen, wie es ihm geht und wann er seine Aussage machen kann. Morgen früh steht wohl auch die Vernehmung von Cornelsen an. Wann wollen wir loslegen?«

»Hm«, dieses Mal reibt Heinz Niebuhr sein Ohr. »Ich würde sagen um neun, dann können wir alle noch ein bisschen länger schlafen. Wird eine harte Nuss, dieser Cornelsen.«

Maggie sieht blass aus, ihr schaut die Sorge aus den Augen. »Ole ist noch ziemlich niedergeschlagen. Hast du auch was abgekriegt?« Sie streicht über Tims verbundenen Arm.

»Nur ein Kratzer«, winkt Tim ab und folgt Maggie ins Wohnzimmer.

Ole liegt kuschelig in eine Decke gewickelt auf dem Sofa. Auf dem Tisch vor ihm dampft eine Tasse Kaffee. »Ich hole dir auch einen Kaffee«, sagt Maggie und stellt noch einen Teller mit selbst gebackenen Keksen dazu. »Ich lass euch dann mal allein. Ich will gar nicht wissen, was ihr so zu besprechen habt. Aber denk' dran, Tim: nicht zu lange!«

Tim nickt, lehnt sich im Sessel zurück und genießt die weichen Cookies, die er so liebt.

»Willst du nur futtern oder mir auch erzählen, was es Neues gibt?«, fragt Ole ungeduldig.

Tim berichtet von der Schießerei in Cornelsens Wohnung, der Zusammenarbeit mit den Hamburger Kollegen, der Villa in Ahrensburg und der Entdeckung von dreißigtausend Euro beim Bürgermeister. Außerdem richtet er die gesammelten Grüße aus.

»Und Mabunde ist verschollen?«

»Im Moment ja, aber sollte er sich wirklich nach Frankreich absetzen, wird er am Flughafen geschnappt. Der entkommt uns schon nicht. Aber das Wichtigste: Wie geht es dir?«

Ole seufzt und setzt sich auf. Er hält sich den Kopf. »Ach, hör' bloß auf! Beschissen ist geprahlt. Ich bin total schlapp, und wenn ich aufstehe, wird mir schwindelig. Der Arzt meint, es wird noch mindestens zwei Wochen dauern, bis ich wieder voll auf dem Damm bin. War wohl eine satte Dosis, die Cornelsen mir da verabreicht hat. Mach ihn morgen ordentlich fertig, damit er alles ausspuckt. Der verdient keine Gnade!«

Tim grinst. »Keine Gnade, ich schwöre es! Aber du kannst dich wirklich an gar nichts erinnern?«

Ole schüttelt den Kopf. »Ich war in Mabundes Büro. Dann kam Jensen hinzu. Ich befragte Mabunde ziemlich heftig nach dem Hamburger Stadtplan, der in seinem Büro hängt, und welche Verbindungen er dorthin und zu Herrn Ritter hat. Er redete wieder belangloses Zeug. Plötzlich hielt mich jemand von hinten fest und drückte mir etwas aufs Gesicht – Chloroform, nehme ich an. Von da an ist Blackout. Keine Ahnung, wie ich in das Waschanlagen-Verlies gekommen bin. Da war ich auch mal wach, habe aber immer gleich Nachschlag bekommen. Ich dachte: Jetzt ist es aus – genau wie bei Ritter!«

Tim nimmt sich noch einen Keks. Ole grinst. »Maggie ist gut im Backen, stimmt's?«

Tim nickt und kaut. »Du wurdest in das Auto von Cornelsen gebracht. Der Hausmeister hat es beobachtet. Dann brachten sie dich in einen alten Bauwagen auf einer stillgelegten Kiesgrube. Da haben wir dein Handy gefunden, das wir mit der Funkzellenauswertung orten konnten.« Tim reicht Ole das Handy.

»Es wurde ausgewertet, ergab aber nichts. Von der Kiesgrube haben sie dich in die Waschstraße gebracht. Wir konnten Reifenspuren von Cornelsens S-Klasse sicherstellen. Den Rest kennst du ja.«

Ole nickt. »Ja, ist aber irgendwie verschwommen. Wo ist eigentlich meine Waffe?«

»Die haben wir in diesem Lagerraum, in dem du festgehalten wurdest, sichergestellt. Sie lag in einem Regal, ist jetzt noch in der KTU und bleibt dann erst mal auf der Wache. Wenn du gesund bist, kriegst du sie wieder. Es wurden Fingerabdrücke von Cornelsen darauf gefunden. Sonst nichts. Benutzt hat sie jedenfalls niemand.«

»Das hätte auch noch gefehlt, dass der Typ mit meiner Waffe herumballert.«

»Nein, nein, soweit ist alles in Ordnung. Mach dir keinen Kopf!« Tim sieht auf die Uhr. Nicht so lange hatte Maggie verlangt.

»So Ole, für heute reicht es, sonst kriege ich Ärger mit Maggie. Und Bruno muss Gassi gehen.« Dass er auch frisch geduscht zu Yessica gehen wollte, verschwieg er.

»Alles klar, danke, dass du reingeschaut hast. Ruf mich morgen an, wie es mit Cornelsen gelaufen ist, ja?«

»Klar, aber jetzt schlaf dich gesund.« Tim boxt Ole freundschaftlich auf den Oberarm und geht in den Flur. Maggie steht an der Kellertür. »Tschüss Maggie und danke für die Kekse. Wundervoll! Ich muss los, Bruno muss raus.«

Maggie sieht in verschwörerisch an. »Na dann viel Spaß beim Gassi gehen.« Sie wusste natürlich schon wieder genau Bescheid.

»Schick Ole bloß ins Bett. Morgen hat er bestimmt bessere Laune. Was macht der Kleine?«

Maggie streichelt über ihren Bauch. »Er strampelt ganz schön. Das kommt wohl von der Aufregung. Aber jetzt ist ja alles wieder gut.«

Tim fährt zu Brunos Lieblingswiese; die frische Luft und der lange Spaziergang tut beiden gut.

Als er später vor Yessicas Tür ankommt, klingelt er mit zittriger Hand. Sie trägt einen dunkelblauen Rollkragenpullover und eine helle Jeans. Sie sieht traumhaft aus! Er reicht ihr die schnell noch besorgte Flasche Wein und sie bittet ihn in ihre gemütlich mit antiken Möbeln liebevoll eingerichtete Wohnung. Auf dem Esstisch brennen zwei Kerzen, eingedeckt mit Blümchen-Geschirr in zartem Rosa.

Normalerweise viel zu viel Perfektion für Tim, aber bei Yessica ist es anders. Ihm gefällt einfach alles an ihr. Es riecht verführerisch nach einem frisch gekochten Pastagericht. Sie essen und lachen den ganzen Abend und Tim tauscht den Stress der letzten Tage gegen gelöste Seligkeit.

Noch lange spürt er Yessicas zarten Abschiedskuss auf den Lippen. »Ich glaube, Yessica ist die Richtige für uns, was meinst du, Dicker?«, will er von Bruno wissen.

Bruno grunzt zufrieden und leckt des Herrchens Hand.

Wieder Montag

Im Vorraum des Vernehmungszimmers sind zwei Bildschirme aufgestellt, und durch die verspiegelte Scheibe können sie Felix Cornelsen genau beobachten. Der sitzt lässig zurückgelehnt auf dem Stuhl, als gäbe es gar keinen Grund für seine Anwesenheit.

»Tim, Sie gehen zuerst rein«, sagt Heinz Niebuhr. »Ich komme hinzu, wenn es brenzlig wird oder Sie nicht weiterkommen. Geben Sie mir ein kurzes Zeichen, dann unterstütze ich Sie. Frau Schneider, Sie bleiben hier und beobachten Cornelsen genau.«

Sabine setzt sich auf den Stuhl vor die Monitore; so hat sie Cornelsen von allen Seiten im Blick.

Herr Cornelsen sieht gelangweilt auf, als Tim den Raum betritt. »Ach Bulle, was macht der Arm?«

Tim wird es heiß. Dieses Arschloch!, denkt er. Ohne etwas zu erwidern, setzt er sich auf den Stuhl gegenüber von Cornelsen.

»Herr Cornelsen«, beginnt er, »ich nehme an, Sie wissen, warum Sie hier sind.«

Cornelsen schüttelt den Kopf. »Nö, keinen Schimmer, sag du es mir!«

»Ihnen wird vorgeworfen, Herrn Gandulf Ritter ermordet zu haben. Dafür verwendeten Sie ein bestimmtes Gift, das Sie sich über Herrn Dr. Ulrich aus dem Labor der Ornithologen beschafften. Sie haben Herrn Dr. Ulrich erpresst und ihm fünfzigtausend Euro für das Gift gegeben. Die Übergabe fand am Neustädter Bahnhof statt. Dann haben Sie Herrn

Ritter auf seiner Yacht vergiftet, indem Sie es ihm in den Oberkörper injizierten.«

Herr Cornelsen lacht schallend. »Wer hat sich denn diesen Schwachsinn ausgedacht? Das ist ja haarsträubend! Nichts davon ist wahr!«

Tim bleibt unbeeindruckt.

»Außerdem haben Sie meinen Kollegen Ole Petersen entführt und in der Waschstraße gefangen gehalten. Sie betäubten ihn und nahmen dabei in Kauf, dass es ihn das Leben kosten könnte. Es liegt der Verdacht nahe, dass dies auch geschehen sollte. Auf der Liste der schweren Vergehen, die Ihnen vorgeworfen werden, stehen Erpressung, Freiheitsberaubung, Verstoß gegen das Betäubungsmittelgesetz, Widerstand gegen die Staatsgewalt, nicht zuletzt Mord und versuchter Mord – und so weiter, und so weiter. Nach einem Leben in Freiheit sieht es für Sie nicht mehr aus.«

Felix Cornelsen gibt sich weiterhin siegessicher und blafft im frechen Ton: »Nichts davon kannst du mir nachweisen, Bulle!«

Tim sieht ihn scharf an. »Oh doch, wir haben Fotos aus den Überwachungskameras am Yachthafen und am Bahnhof. Auf beiden sind Sie eindeutig zu identifizieren. Auch Ihr Auto ist am Yachthafen zu erkennen. Wie haben Sie eigentlich von dem geheimen Gift in dem Forschungslabor erfahren?«

Jetzt weicht zwar das Blut aus Cornelsens Gesicht. Er sagt jedoch nichts, schaut Tim nur herausfordernd an, als könne der ohne seine Bestätigung gar nichts beweisen. Tim spürt Wut in sich, es strengt ihn an, sich zu beherrschen. Wenigstens haut er mit geballter Faust auf den Tisch. Cornelsen zuckt zusammen auf den Tisch – damit hat er nicht gerechnet.

»Sehen Sie nicht, dass es zwecklos ist?«, ruft Tim mit lauter Stimme. »Geben Sie zu, Gandulf Ritter ermordet zu haben! Von wem wurden Sie dafür bezahlt? Warum haben Sie ihn umgebracht? Von wem stammte das Geld für Dr. Ulrich?«

Cornelsen lehnt sich wieder zurück und sagt nichts.

In diesem Moment geht die Tür auf und Heinz Niebuhr kommt herein. Er platziert sich auf dem zweiten Stuhl neben Tim, beugt sich mit sichtbarer Autorität zu Cornelsen herüber und sagt langsam und mit fester Stimme:

»Herr Cornelsen, wenn Sie geständig sind, wird es mit Sicherheit eine Hafterleichterung für Sie geben. Zumindest was die Delikte außer dem Mord betrifft. Wir können ihnen ohnehin alles beweisen. Außerdem haben wir Herrn Mabunde aufgespürt, der uns auch noch einiges genau berichten wird.«

Cornelsen zuckt kaum merklich. Tim bemerkt ein Flackern in seinen Augen.

»Ich sage nichts mehr ohne meinen Anwalt.«

Das war zu erwarten. Aber Tim ist stinksauer: »Pah, der wird Ihnen auch nichts nützen. Wenn Mabunde aussagt, sind Sie ohnehin geliefert!«

Heinz Niebuhr legt ihm die Hand auf den Arm. »Frau Schneider braucht Sie mal kurz, Herr Bronkau«, sagt er eindringlich.

Tim wirft Felix Cornelsen noch einen hassenden Blick zu, dann steht er langsam auf.

»Geht dir ganz schön an die Nieren, was?« Sabines Gesicht zeigt Verständnis.

Tim nickt nur.

Sabine hat eine Überraschung für ihn: »Wir haben Mabunde! Er wurde tatsächlich in Lübeck gestoppt. Du hattest den richtigen Riecher! Er ist in Vernehmungsraum zwei. Kai sitzt im Nebenraum. Gehst du hin?«

In Tims Magen kribbelt es. »Sabine, das ist heute die beste Nachricht!«

Er stürmt über den Flur. Kai sitzt vor den Monitoren.

»Hallo Kai! Was siehst du – wie ist Mabunde drauf?«

Kai grinst. »Ich glaube, der heult gleich. Ich denke, du hast gute Chancen, etwas aus ihm rauszukriegen. Versuch dein Bestes. Wie war es mit Cornelsen?«

Tim seufzt. »Schlecht. Frag lieber nicht. Er hat nichts gesagt. Hat mich wütend gemacht. Ich glaube, Niebuhr hatte Angst, dass ich total ausraste. Werde mich jetzt mehr zusammenreißen. – Ich gehe jetzt rein.«

Kai nickt und wendet sich wieder den Monitoren zu.

»Guten Tag, Herr Mabunde. Ich werde Sie jetzt im Mordfall Gandulf Ritter befragen. Sie kennen Felix Cornelsen? Wir verdächtigen ihn, Herrn Ritter ermordet zu haben, wir fragen uns nur in wessen Auftrag. Vielleicht in ihrem?«

Thomas Mabunde zittert. Auf seiner blassen Stirn glitzern Schweißtropfen.

»Ich - ich habe nichts damit zu tun, glauben Sie mir.«

Tim beugt sich eindringlich über den Tisch, wie er es bei Heinz Niebuhr gesehen hatte.

»Das glauben Sie doch selbst nicht! Die Beweise sprechen klar gegen Sie. Das Konto auf den Namen Ihrer verstorbenen Schwester, von dem außer Ihnen und der Bank niemand wusste: Sie haben erhebliche Summen davon abgehoben. Nicht einmal Ihr Schwager war eingeweiht! Und raten Sie mal, wo wir genau diesen Betrag gefunden haben: Im Tresor Ihres Busenfreundes Wilfried Jensen! Sie stecken doch unter einer Decke, oder? Das Geld kam von einem verschlüsselten Konto. Es ist dem zweifelhaften Firmenimperium von Gandulf Ritter zuzuordnen. Er hat Sie bestochen! Es ist der Preis für die Baugenehmigung, mit der er sein Haus so dicht an der Steilküste bauen konnte! Richtig?«

Thomas Mabunde ist eingeschüchtert. Genau das wollte Tim mit seinem Redeschwall erreichen. Mabunde stützt den Kopf in die Hände und schluchzt.

»Ich weiß nicht, wie ich in das alles hineingeraten konnte. Ich wollte das nicht, schon gar nicht, dass jemand dabei ums Leben kommt. Glauben Sie mir das?«

»Ob ich Ihnen das glaube, oder nicht, ist egal, Herr Mabunde. Ich bin nicht Ihr Richter. Reden Sie jetzt. Ihre Aussage kann strafmildernd für Sie wirken. Überlegen Sie also, was Sie sagen!«

Baudezernent Mabunde nickt. Er wischt sich mit der Hand den Schweiß von der Stirn.

»Also?«, fragt Tim.

Mabunde atmet tief ein. Dann fängt er tatsächlich an zu sprechen: »Herr Ritter kam eines Tages in mein Büro. Er legte mir die Idee zum Bau seines heutigen Hauses an der Steilküste vor und ließ durchblicken, dass wir die Genehmigung nicht umsonst ausstellen sollten. Natürlich wusste ich, dass ein Bau dort niemals infrage kommen könnte. Ich erzählte dem Bürgermeister davon. Er hat es im ersten Moment für völlig aussichtslos gehalten. Als er aber hörte, dass Ritter viel Geld bezahlen würde, war er plötzlich Feuer und Flamme. Er meinte sogar, solch ein schmuckes Haus würde eine Zierde der Küstenlandschaft sein. Wir handelten eine Summe mit Ritter aus und ließen den Bauantrag schnell durchgehen. Das wissen Sie ja bereits.«

Tim nickt. »Ja, das wissen wir. Sie haben sich also bestechen lassen, Sie und der Bürgermeister. Deshalb auch Ihr flotter Porsche, stimmt's? Aber warum musste Ritter schließlich sterben? Und wer hat ihn umgebracht?«

Thomas Mabunde bekommt Schluckbeschwerden. »Ritter wollte alles auffliegen lassen. Es sollte alles an die große Glocke. Dazu hatte er die Leute auf die Yacht eingeladen. Das mussten wir doch verhindern, oder?«

Tim ist verwundert. »Aber wieso wollte er alles auffliegen lassen? Dann wäre er doch selbst dran gewesen. Schließlich hat er das Bestechungsgeld gezahlt. Das müssen Sie mir schon genauer erklären.«

»Ritter behauptete, es würde niemals herauskommen, von wem das Geld kam. Er sagte, dass er uns aus dem Verkehr ziehen wolle, weil wir die Baugenehmigung erteilt hatten, der Bürgermeister und ich, verstehen Sie?«

Tim schüttelt den Kopf.

»Ich auch nicht«, schluchzt Mabunde. »Er wollte das Geheimnis an den Platzwart und an den Ornithologen verraten, um sich an uns zu rächen – wofür diese Rache war, das weiß ich nicht. Ritter war ein merkwürdiger Mensch!«

»Und da haben Sie Cornelsen damit beauftragt, ihn umzubringen. Aber woher wussten Sie von dem Gift im Labor?«

»Ja, wir haben Cornelsen beauftragt. Er arbeitet für meinen Schwager. Wie er sich das Gift besorgt hat, weiß ich nicht. Aber er hat Ritter umgebracht. Er hat von früher schon andere Missetaten auf dem Kerbholz. Damit sollte dann eigentlich alles aus der Welt geschafft sein, aber dann sind Sie ihm ja doch auf die Schliche gekommen.«

Unwillkürlich muss Tim lachen: »Ja, dachten Sie denn, ein Mord lässt sich so leicht vertuschen? Da liegt nach einer

Bordparty plötzlich eine Leiche auf der Yacht und alles ist gut? Was denken Sie denn, wofür es die Kriminalpolizei gibt?«

Herr Mabunde sieht auf seine Hände, die wie nasse Waschlappen in seinem Schoß liegen, und schüttelt den Kopf. »Nein, nein natürlich nicht. Ich weiß es auch nicht.«

»Und wie war das mit der Entführung meines Kollegen? Wer ist auf diese mörderische Idee gekommen?«

Herr Mabunde schluckt erneut. »Haben Sie bitte ein Glas Wasser für mich?«

Tim schüttelt den Kopf. »Gleich, wenn Sie mir gesagt haben, wie die Entführung meines Kollegen ablief.«

Mabunde hustet, um die Wichtigkeit des Wassers zu unterstreichen, leise flucht er mit trockener Stimme. »Verdammt, der hat so rumgestochert und genervt. Es ging uns echt an den Kragen, da haben wir beschlossen, ihn zu betäuben.«

»Und Sie haben für solche Fälle immer Chloroform in der Schreibtischschublade?«, fragt Tim.

»Nein, natürlich nicht. Das hat der Bürgermeister besorgt. Er hat gute Beziehungen zu einem Apotheker. Wir hatten geplant, Ihren Kollegen zu betäuben – oder Sie, je nachdem, wer zuerst wiederkommt und nachfragt. Leider hat es dann Ihren Kollegen getroffen.«

Tim verdrängt die Überlegung, ob es ihm lieber gewesen wäre, wenn es ihn getroffen hätte.

»Und dann haben Sie ihn gemeinsam mit Cornelsen zur Kiesgrube geschafft? Warum? Hatten Sie vor, ihn umzubringen, oder wie sollte diese ganze Sache enden? Schließlich weiß er ja, wie ihm geschah und durch wen.«

Wieder zuckt Mabunde mit den Schultern. »Wir wussten nicht genau, wie es weitergehen sollte. Deswegen sind wir erst zur Kiesgrube gefahren. Jensen und Cornelsen haben Druck gemacht und Cornelsen hat ihn dann nach Hamburg mitgenommen, weil er dort besser zu verstecken war.«

Tim kann es kaum fassen. »Verstecken? Sie wollten ihn verschwinden lassen! Es wäre doch denkbar ungünstig für Sie, wenn er wieder aufgetaucht wäre! Jetzt ist es ein Glück für Sie, dass wir Herrn Petersen gefunden haben, bevor noch etwas Schlimmeres passieren konnte. Was haben Sie sich bloß bei der ganzen Sache gedacht? Das wird Ihnen einige Jahre einbringen, das ist Ihnen doch klar, oder?«

Thomas Mabunde nickt wieder und sieht zu Boden. Immerhin schämt er sich für seine Taten, im Gegensatz zu Felix Cornelsen. Doch was bedeutete das für Ole?

Tim gibt dem uniformierten Beamten, der stumm beobachtend an der Tür steht, ein Zeichen: »Bringen Sie Herrn Mabunde bitte in die Zelle, danke.«

Kai begleitet Tim auf die andere Seite des Flurs.

»Spuckt Cornelsen noch was aus? Ach, sein Anwalt ist ja schon da«, bemerkt Tim, als sein Blick auf den Mann im Anzug und mit Aktenkoffer fällt, der neben Cornelsen sitzt.

Hauptkommissar Heinz Niebuhr sitzt neben Sabine vor den Bildschirmen. »Mal sehen, was sein Anwalt ihm rät. Der kann sich doch gar nicht mehr herausreden.«

Tim tritt hinter ihn: »Ist auch nicht mehr unbedingt nötig. Mabunde hat ausgesagt, dass Cornelsen den Mord an Gandulf Ritter begangen hat. Wir wissen allerdings nicht, wie er an das Gift gekommen ist. Wenn Sie das noch aus ihm herauskriegen könnten?«

»Ich gebe mein Bestes, aber kommen Sie bitte mit ins Verhörzimmer!«

Der Anwalt wendet sich ungeduldig an die beiden Kriminalbeamten. »Mein Mandant will aussagen. Bitte stellen Sie Ihre Fragen.«

»Wir haben eigentlich nur noch eine Frage. Über den Rest sind wir inzwischen schon ausreichend in Kenntnis gesetzt. Wie sind Sie an das Gift gekommen? Das würde uns jetzt wirklich noch brennend interessieren«, sagt Tim.

Der Anwalt bedeutet Cornelsen, er möge die Frage beantworten.

Tim fragt: »Wie haben Sie Herrn Dr. Ulrich kennengelernt und woher wussten Sie von dem Gift?«

»Ich habe Dr. Ulrich in Kiel mal in einer Kneipe getroffen«, begann Cornelsen.

»Zufällig?«, fiel Tim ihm ins Wort.

»Ja ja, zufällig. Ich war wegen eines Jobs dort.«

»Was war das für ein Job?«, will Tim wissen.

»Das tut hier nichts zur Sache, dazu wird mein Mandant keine Aussage machen. Es geht jetzt nur um den aktuellen Fall«, greift der Anwalt ein.

Tim hebt die Hand. »Schon gut. Also Herr Cornelsen, Sie lernten Herrn Dr. Ulrich in einer Kneipe kennen, was passierte dann?«

»Er war schon ziemlich angetrunken. Wir kamen ins Gespräch und tranken weiter. Irgendwann erzählte er mir alles von seiner Arbeit und dass er mit seinem Verdienst nicht zurechtkommt, weil er so hohe Schulden hat. Als die Sache mit Ritter aufkam, erinnerte ich mich an Dr. Ulrich, kontaktierte ihn anonym und bot ihm das Geld an, das Jensen gezahlt hat. Wir vereinbarten die Übergabe und das war's. Zufrieden, Bulle?«

Der Anwalt wirft Cornelsen einen warnenden Blick zu.

»Noch nicht ganz. Jetzt müssen Sie mir noch sagen, wie Sie es schafften, die Spritzen und das zweite Giftfläschchen im Küchenschrank von Jürgen Möller zu deponieren«, forderte Tim von Cornelsen.

»Na wie schon, ich habe die Tür seiner alten Bude geknackt, war ja nicht so schwer, und dann die Sachen in die Schublade gelegt. Einer sollte ja geradestehen für die ganze Sache. Hat wohl nicht geklappt, Scheiße! Jetzt zufrieden?«

Tim bleibt cool und sachlich: »Ja. Danke, Herr Cornelsen. Meine Kollegin wird jetzt kommen und ihre Aussage zu Protokoll nehmen.«

Gemeinsam verlassen Tim und Heinz Niebuhr den Raum. Als die Tür hinter ihnen zufällt, holt Tim tief Luft. »Puh! Das war's denn wohl.«

»Ja, der Fall ist so weit gelöst«, stellt Heinz Niebuhr fest und klopft Tim auf die Schulter. »Sehr gut, Herr Bronkau. Wirklich gut gemacht. Der Rest ist für die Richter.«

Tim setzt sich mit einer Tasse Kaffee an seinen Schreibtisch und schaut aus dem Fenster. Ja, der Fall ist gelöst. Er fühlt sich erschöpft, aber glücklich. Das ganze Team hat gut zusammengearbeitet, auch wenn es zu Anfang der Ermittlungen einige Patzer gegeben hatte. Er greift zum Telefon, um Ole vom Ergebnis zu berichten. Der wird erleichtert sein! Und Maggie erst!

Ole meldet sich ungeduldig. »Tim! Und? Wie steht es? Bist du weitergekommen?«

Tim grinst ins Telefon. »Kann man so sagen, wir haben alle Aussagen, alle Geständnisse.«

Oles Aufatmen rauscht durchs Telefon. »Das heißt, der Fall ist gelöst? Erzähl mal der Reihe nach.«

Tim erzählt Ole von Mabundes Aussage. Als er von dem Chloroform spricht, ruft Ole: »Was? Der Bürgermeister hat mich betäubt? Das ist ja nicht zu fassen! Der muss sein Amt jetzt wohl aufgeben.«

»Davon kannst du ausgehen«, sagt Tim und berichtet weiter, wie Felix Cornelsen an das Gift gekommen war.

»Also noch jemand, der seinen Job aufgeben kann. Und das Geld ist auch weg. Im Grunde kann Dr. Ulrich einem schon wieder leidtun.«

Tim ist entrüstet. »Ole, er hat Beihilfe zu einem Mord geleistet!«

»Du hast recht, er hat es nicht anders verdient. Hast du echt gut gemacht, Tim! Hut ab. Vielleicht bist du doch gar nicht so ein schlechter Schwager. Yessica schwärmt jedenfalls von dir.«

Tim wird rot. »Hahaha, ich glaube, du musst bald wieder arbeiten, hast zu viel Zeit, über Dinge nachzudenken, die dich nichts angehen.«

Ole lacht. »Stimmt! Außerdem werde ich zu dick. Maggie backt schon wieder weiche Cookies, kommst du nachher und hilfst mir beim Essen? Dann kannst du mir noch mehr Einzelheiten erzählen. Grüße die Kollegen von mir!«

»Mach ich! Bei Maggies Cookies kann ich nicht widerstehen! Bis nachher!«

Tim trinkt eine weitere Tasse Kaffee, geht zur Glaswand und sieht sich noch einmal alle Fotos an. Er nimmt eines nach dem anderen von der Wand und wischt die Notizen weg. Er legt die Fotos auf den Schreibtisch. Morgen wird er sie zu den Akten nehmen. Er greift nach Brunos Leine und hört neben dem Schreibtisch ein freudiges Schnauben.

»Chef, ich gehe jetzt. Bis morgen«, ruft er Revierleiter Heinz Niebuhr zu.

»Ja, bis morgen Tim. Morgen ist Pressekonferenz. Da kann ich mal was Positives über gute Polizeiarbeit berichten, auch wenn sich die Neustädter einen neuen Bürgermeister suchen müssen.«

ENDE

Über die Autorin

Frauke Mohr, geboren am 07.01.1974 im niedersächsischen Otterndorf bei Cuxhaven, wuchs in Hamburg auf und schlug nach Abschluss ihrer Schulzeit 1991 eine traditionell hamburgische kaufmännische Laufbahn ein. Die Idee, etwas »zu Papier zu bringen«, gab es schon lange, aber den Anstoß einen Krimi zu schreiben, gaben ihre Kinder. So entstand »Der Tote im Yachthafen«, das im Lieblingsurlaubsgebiet der Familie, der schleswig-holsteinischen Ostseeküstenregion zwischen Neustadt und Grömitz spielt. Frauke Mohr lebt mit ihrer Familie in Norderstedt. – www.frauke-mohr.de

Zur Titel-Illustration

Eleanor Marston illustriert für Kinder und Erwachse. Sie arbeitet für Magazine wie GEOmini, Brigitte, Brigitte Woman, Das Magazin und für Verlage wie Oetinger, Büchergilde Gutenberg, Media Vaca und Topipittori. Sie studierte Illustration an der Hochschule für angewandte Wissenschaften in Hamburg bei Bernd Mölck-Tassel und Rüdiger Stoye. Sie lebt und arbeitet in Hamburg St. Pauli. – www.eleanormarston.de